KB010447

식물과 춤추는 인생정원

글 **최문형**(崔文馨)

철학박사 · 문학박사

서울에서 태어나 이화여자대학교, 한국학중앙연구원, 성균관
대학교에서 수학했다. 동양철학과 유학을 공부하고 강의하던
중, 식물의 지혜에 빠져들어 식물인문학 연구를 시작했다. 한
국학중앙연구원 연구교수, 고전학교 문인헌 교수, 이산학당 강
사, 한국조경문화아카데미 교수를 역임했고 현재 성균관대학
교 학부대학 초빙교수이다. Weekly KNOU(한국방송통신대학
교 학보)에 기획연재 '식물성의 사유로 읽어낸 역사 속 여성'을,
일간종합신문 SkyeDaily에 소설 '제국의 꽃'을 쓰고 있다. 단
독저서로 《식물처럼 살기》, 《유학과 사회생물학》, 《한국전통사
상의 탐구와 전망》, 《겨레얼 살리기》, 《식물에서 길을 찾다》,
《행복국가로 가는 길》 등이 있으며 번역서로는 《내 멋대로 사
는 인생, 호모 아니무스》가 있다.

이메일 : askmun@naver.com

그림 **청엽 윤인호**(淸葉 尹仁虎)

공학석사, 경영학박사 수료, 산림치유복지학석사(과정)

경기 여주에서 태어나, 강원 태백에서 중학시절을 보냈다. 고려
대 공학사, 연세대 공학석사를 거쳐 30여 년간 대우중공업(주),
대우자동차(주), EFESO컨설팅 등에서 엔지니어와 컨설턴트로
국내·해외에서 공장혁신전문가, 경영지도사로 일하였고 유럽
폴란드 근무시절 바르샤바 경영대학에서 박사과정을 수료하면
서 음악 미술 분야를 접하고 삶의 질향상의 즐거움과 감성을
풍부하게 된 계기가 되었다. 중학시절 산수화에 심취하여 이때
지은 아호가 청엽(淸葉)이다. 제조업 컨설턴트 은퇴 후 대우세
계경영연구원 GYBM 멘토와 아침고요수목원, 광릉국립수목
원에서 숲해설가로 일하면서 대자연 Mother Nature를 예술
작품으로 인식하고 이를 해설하는 인터프리터이자 포레스트
갤러리 도슨트이다.

이메일 : inhoyoon@hanmail.net

식물과 춤추는
인생정원

최문형 지음 • 윤인호 그림

솔과학

내가 식물에게 얻은 것

　23년 전 여름 늦은 밤, 거리를 지나며 이런 생각을 했다. '가로수는 어떤 기분일까?' 다음 날 태양을 향해 우뚝 선 나무들을 보며 생각했다. '나무가 잘 사는 것은 해를 우러르기 때문 일거야.' 그리고 얼마 후 보도블럭 사이에 촘촘하게 피어난 작은 꽃을 보고는 이런 느낌이 들었다. '풀들은 대단 하구나. 저 작은 틈에 어떻게 자리 잡았을까?'

　이런 감탄과 궁금증이 겹쳐져 식물에 관한 책을 한 권 쓰고 싶어졌다. 어디서나 씩씩하게 살고 있는 그들에게 한 수 배우고 싶었다. 처음 생각은 단순했다. 종교를 가지고 있던 나는 식물 또한 하늘(신적인 존재)을 우러르고 순종하고 겸양하기 때문에 잘 살고 있다고 여겼다. 그런데 식물을 공부하면서 '그게 다가 아니구나.' 했다.

그들은 순응하고 자족했지만 자신을 지킬 강한 힘도 지니고 있었다. 인간을 비롯한 많은 동물들이 그들을 해칠지라도 어떻게든 살아남는 재주가 있었다. 그들의 삶은 치열했다. 밟히고 뜯기고 꺾이고 갉아 먹히고 뽑혀도 어떻게든 살아냈다. 질기고 강한 면모 속에는 지략과 술수도 있었다. 나는 당황했다.

원래 내가 쓰려던 책은 그런 내용이 아니었다. 착하고 순진한 모습을 주로 담으려고 했었다. '혼란스러운데? 여기서 접어야 하나?' 망설여졌다. 두 가지 면모 중 하나를 버리고 쓸 수는 없었다. 결국은 솔직하게 식물이 가진 모든 것을 다 담았다. 어차피 생명이란 게 복잡다단한 게 아닌가! 우리 인간 또한 사느라고 별별 꼴을 다보고 별 짓을 다하지 않는가?

그래도 식물은 자신의 생을 영위하느라고 남들을 챙긴다. 씨앗을 만들기 위해 곤충들이 좋아하는 것을 만들어 내고 씨앗을 내보내기 위해 동물들이 탐낼 만한 것을 장만한다. "이리 와서 나 좀 도와주지 않을래?" 굳이 이런 말을 하지 않는다. 할 필요가 없다. 그러지 않아도 다들 팔 걷어 부치

식물과 춤추는 인생정원

고 달려와서 식물을 위해 일한다. 식물이 늘 '선결제' 방식을 쓰기 때문이다.

식물은 느긋하게 거래한다. 상대가 부도를 낸다고 해도 어쩔 수 없다. 상대가 신용 좀 안 지켰다 해도 망하지 않을 자신이 있다. 식물에게는 모든 것이 풍부하고 모든 것이 넘친다. 식물의 거래 상대는 지구상의 거의 모든 생명체이다. 영악한 인간도 포함된다. 그런데 식물은 알고 보면 '슈퍼갑'이다. 무슨 일이 잘 되었느니 안 되었느니 안달을 낼 이유가 하나도 없다.

모든 게 풍족하다보니 버리는 걸 아까와 하지도 않는다.

식물은 언제나 버리고 내보낸다. 산소도 물도 양분도 잎도 꽃도 열매도 씨앗도 저장하느라 끙끙댈 필요가 없다. 창고유지비가 필요 없다. 원할 때 쓰고 원할 때 버린다. 무엇이든 만들고 어떻게든 변신하고 유일한 생이 아닌 반복적 삶을 사는데, 아끼고 벌벌 떨 일이 무엇이란 말인가!

줄기와 뿌리에 많은 상처들을 지니고 있어도 끄떡 없다. 곤충과 동물과 인간들이 그들을 찾아와 챙길 걸 챙겨가고, 이유 없이 공격해서 흠집을 내서 아픔을 당해도, 그러고는 어느 날 설명도 없이 버림받아도 식물에겐 그게 일상이다. 그러거나 말거나 상관없다. 왜? 식물은 지구상 최강자이고 지구의 진정한 주인이니까. 지존의 자리에 있는 식물이 무엇이

섭섭하고 무엇이 두려우며 무엇이 아픈가? 그들은 만사가
똑같다.

　내가 왜 16년에 걸쳐 〈식물처럼 살기〉를 썼는지 곰곰
이 생각해 본 적이 있다. 사람은 누구나 자신에게 부족한 것,
결핍된 것을 추구한다. '아, 그렇구나. 나는 전혀 식물처럼 살
지 못하였구나!' 라고 혼잣말을 했다. 그런 이유로 식물처럼
'온전하게' 살고픈 나의 바람이 있었음을 알게 되었다. 하지
만 나는 아직도 '식물처럼' 살지 못하고 있다. 그리고 여전히
그렇게 살고 싶어 안달을 한다. 언제쯤 그런 날이 올까 애태
워 기다린다.

이 책은 코로나 바이러스가 극성을 떨치던 2020년 8월부터 2022년 6월까지 한국조경신문에 연재한 칼럼 <최문형의 식물노마드>를 모은 것이다. 그래서 코로나 위기와 관련된 내용도 적지 않다. 우울하고 힘들었던 시기가 거의 끝나고 일상을 회복한 후 이 책을 내게 되어 기쁘다. 코로나가 잊혀가고 있지만 지구상 생물체가 직면하는 위기는 각양각색으로 발현되므로, 독자 여러분은 이 책에서 말한 '코로나 바이러스'는 각자가 겪게 되는 '위기'로 치환하여 읽어도 되시리라 생각한다. 한편으로는 그 암울했던 때, 우리 곁을 여전히 오롯이 지켜준 식물들에게 무한 감사를 전한다. 우리 모두는 같은 심정이었다고 믿는다.

식물과 춤추는 인생정원

한국조경신문 김부식 회장님은 필자가 생각을 펼칠 수 있는 장을 열어주셨다. 동국대학교 황태연 명예교수님과 분재박물관 김재인 관장님의 가르침과 도움을 많이 받았다. 세 분께 깊은 감사를 올린다. 이 책의 발간에 힘써준 분들에게 감사드린다. 솔과학 출판사의 김재광 대표님과 직원분들, 귀한 그림으로 함께해 주신 윤인호 선생님께 감사드린다. 항상 지구를 빛내주는 나의 영원하고 유일한 벗, 식물에게 이 책을 바친다.

2023년의 찬란한 여름에, 저자.

차 례

2부 | 전략과 지혜로 똘똘 뭉친 식물들

3부 | 식물과 함께 인생 나기

4부 | 정원, 하늘의 그림자

1부

~~~~~~

작품 속에서
반짝이는
식물들

원더풀! 미나리(Minari)

"할머니, 가지 말아요, 우리랑 같이 살아요!" 심장병 때문에 한 번도 마음껏 뛰어보지 못한 꼬마가 정신을 잃은 채 걸어가는 할머니에게 전력으로 달려가 앞을 가로막고 한 말이다. 뇌졸중으로 몸이 성치 않은 할머니가 창고에 낸 불로 힘들여 수확한 농작물들이 모두 다 재가 되었다. 허망하게 걸음을 옮기는 할머니와 길을 막아선 아이들, 뒤돌아 아이들의 손을 잡고 휘적휘적 걸음을 옮기는 할머니의 모습이 감동적이다. 하지만 타버린 작물창고는 이혼에 직면한 부부가 다시 결합하는 계기가 되었다.

식물과 춤추는 인생정원

이제 아내와 남편은 손을 맞잡고 넓은 농장에 다시금 새 우물을 파고 농사일을 시작한다. 윤여정 배우의 아카데미 여우조연상을 비롯해 수많은 해외의 상을 수상한 '미나리(2020)' 이야기이다. 영화의 마지막은 아버지가 어린 아들 데이빗과 함께 할머니가 심어놓은 미나리 밭에서 미나리를 수확하는 장면이다. "할머니가 심어놓으신 미나리, 알아서 잘 자라네, 맛있겠다!" 정이삭 감독의 어린 시절 이야기를 자전적으로 펼쳐낸 이 영화의 배경은 미국 아칸소주의 시골, 1980년대이다. 영화 속 꼬마 데이빗이 바로 정이삭 감독의 어린 시절이다.

거듭되는 이민생활의 어려움과 어린 아들 데이빗의 심각한 심장병으로 불안과 불만에 가득 찬 아내, 시골에 내려와 한국채소를 심어 기반을 마련해 보겠다는 남편, 부부는 병아리 감별을 하며 열심히 일하지만 바퀴달린 컨테이너 집에서 태풍과 호우에 맞서 두려워하며 살아야하는 각박한 환경에서 다툼이 잦아진다. 부부는 남매를 보호하고 양육해 줄 외할머니를 한국에서 모셔오는 것으로 타협점을 찾지만, 아이들이 볼 때 할머니는 전혀 할머니답지 않다.

손자손녀에게 욕을 섞어 화투를 가르치고 오줌 싼 데이 빗을 놀려먹고 요리도 할 줄 모른다. 아이들은 할머니답지 않은 한국할머니를 받아들이기 힘들다. 그러던 어느 날 할머니는 아이들과 숲 속으로 들어가 미나리를 심는다. 미나리가 얼마나 좋은 식물인지 아냐며 자랑하는 할머니 앞에서 데이빗은 미나리 노래를 지어 흥얼흥얼 부른다. 하지만 이 '이상한' 할머니는 데이빗에게 세상에서 최고의 '스트롱 보이'라고 용기를 주며, 심장병을 두려워하는 손자를 끌어안고 미나리노래를 불러 재워준다.

아이들과 할머니가 친해질 즈음 할머니는 갑자기 뇌졸중으로 마비 증세가 오고, 아버지의 농작물이 출하될 무렵 데이빗은 병원에서 병이 다 나아간다는 진단을 받는다. 하지만 힘겨운 시골생활에 염증을 느낀 엄마는 아빠와 헤어질 결심을 한다. 아이러니컬하게도 이 부부의 별리를 가로막은 것은 불구가 된 할머니가 낸 불이었다. 늦은 밤 아이들과 귀가하던 부부는 창고가 불타는 것을 보고 힘을 합쳐 작물들을 구해내려 애쓴다. 화재는 그들 마음의 앙금도 모두 태워버렸다.

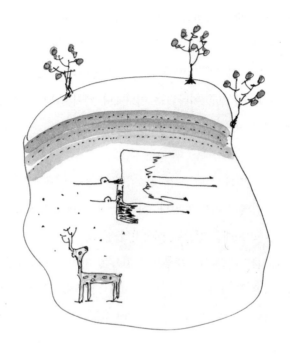

할머니는 아이의 습지였다. 굳이 트랙터로 갈지 않아도 지하수와
수돗물을 끌어대지 않아도 아이의 마음과 몸을 안온하게 해주는
축축한 땅이었다. 그 땅에서 아이는 미나리처럼 저절로 자랐다.

미나리의 질긴 생명력처럼 그들은 다시 일어서 마음을 합해 농사를 시작한다. 아버지가 고생 끝에 일군 농작물들은 안타깝게도 모두 타버리고 없지만, 할머니가 축축한 땅에 뿌린 미나리는 쑥쑥 커갔다. 줄기 속이 빈 여러해살이 풀 미나리는 벌레와 질병에 저항력이 강하여 생명력이 끈질기며 물을 정화할 수 있다. 미나리는 어디에나 넣어서 먹을 수 있는 한국요리의 허브이고 약으로도 쓰인다.

기름진 땅에서 한국작물을 키워 열매를 맺은 가장의 노력은 한 번의 실패를 보았다. 하지만 할머니와 그 땅에서 뛰놀며 미나리노래를 부르던 데이빗의 건강은 호전되었다. 넓고 좋은 대지는 미국이란 새로운 터전을 말하며 한국작물은 이 이민가족을 뜻한다. 농작물은 열심히 가꾸어야 하지만 미나리는 그냥 두어도 잘 자라주었다. 데이빗은 부모의 염려 속에서는 항상 불안하고 위축되었지만, '이상한' 할머니와 함께 했을 때는 대담하고 자유로워졌다.

할머니는 아이의 습지였다. 굳이 트랙터로 갈지 않아도 지하수와 수돗물을 끌어대지 않아도 아이의 마음과 몸을 안

식물과 춤추는 인생정원

온하게 해주는 축축한 땅이었다. 그 땅에서 아이는 미나리처럼 저절로 자랐다. 그리고 건강해졌다. 할머니가 데이빗과 함께 '원더풀! 미나리'를 연호할 때 바람이 불어 미나리가 흔들린다. 할머니는 말한다. "저거 봐라, 미나리가 고맙다고 인사를 하네."

그렇게 잘 자란 미나리, 정이삭 감독은 코로나로 우울해진 세상 사람들에게 영화 '미나리(Minari)'로 말을 걸었다. 그리고 이제는 곁에 없는 할머니에게 인사를 했다. "감사합니다, 할머니!" 미나리의 인사는 배우들의 진심어린 연기를 타고 지구촌을 한 바퀴 돌았다. 사람들의 각박한 삶에 훈훈한 정과 사랑을 선사했다. 그렇게 우리는 '원더풀! 미나리'에 빠져들었다.

물과 비의 꽃, 수국의 계절

　내리꽂히는 비에 땅과 하늘이 하나가 된 듯하다. 무슨 사연일까? 그들이 원하는 게 무엇일까? 하늘을 끌어다 땅에 붙여 중국 신화의 거인 반고가 했던 일을 되돌리고 싶은 것일까? 가장 깊고 순수하면서 혼탁한 존재, 모든 것을 시작하게 하고 다시 끝내는 존재, 물의 주간, 장마의 기간이다. 우리는 물을 통해 계절을 안다. 비가 그렇다. 생명의 시작을 알리는 비, 땅 속 열기를 식히는 비, 때에 따라 만나는 물들의 빛깔도 향기도 다 다르다. 시간의 간격을 메꾸는 빗소리의 기억이 있고 동일한 공간을 다르게 채색하는 빗물의 역할이 있다.

올해 여름은 큰 비가 온다. 길고 많은 물이다. 예로부터 물은 생명의 근원으로 여겨왔다. 철학자 탈레스도 물을 모든 것의 원리로 보았다. 신화의 세계를 보면 우주가 생성될 때 뿐 아니라, 인류가 탄생되는 지점에도 물과 비가 필수적이었다. 물은 끊임없이 흐른다. 생명은 변화이고 움직임을 의미한다. 노자가 좋아한 물은 정형화되거나 고착하지 않는 속성이었다. 그래서 물은 지혜의 원천이기도 했다. 자신 안에 세상 만사만물을 녹여내니 물을 당할 존재가 없을 것이다.

물은 자유롭다. 어디에서든 어떤 모습으로든 가능하다. 이름도 다양하다. 담기는 곳에 따라 연못, 샘, 바다, 강, 등등 수많은 이름을 가질 수 있다. 물은 홍수가 될 수도 있고 정화 제의에 쓰이는 물이 될 수도 있고 치유와 회복에 쓰일 수도 있다. 갈래머리 여학생 시절, 비오는 날은 마냥 걷는 날이었다. 우산은 손목에 걸쳐두고 내리는 비를 마중했다. 도시소녀였던 내가 가장 손쉽게 자연과 하나 되는 날이었다. 땅 속과 땅위 여행을 마친 물들이 다시 하늘로 올랐다 내려오는 그 순환의 의식 속에 자신을 끼워 넣고 싶었는지 모른다.

식물들도 그렇다. 씨앗들의 여행수단 중 가장 강력한 것은 물이다. 식물은 움직일 수 없는 천추의 한(恨)을 물 위에 띄워 시내에서 강으로 강에서 바다로 내어 보낸다. 생

수국의 꽃말은 다채롭다. 변덕과 진심, 냉정, 무정, 거만,
바람둥이, 변덕쟁이이다. 영원과 불변을 원하는 인간들의 잣대가
꽃말에 엉겨 있다.

식물과 춤추는 인생정원

애 단 한 번의 모험이고 생명의 시작이고 끝이다. 물가에 터 잡고 사는 걸 좋아하는 식물이 있다. 그 중 하나가 수국이다. 수국의 학명을 보면, 'Hydrangea'는 그리스어로 '물'이고 'Macrophylla'는 '아주 작다'는 뜻이다. 물을 좋아하는 아주 작은 꽃들의 모임이라고 할까? 한자 이름은 수구화(繡毬花)로, 비단으로 수를 놓은 둥근 꽃이란 의미이다.

물을 좋아하는 수국은 물 기운이 왕성한 계절인 초여름에 피어난다. 우리 동네에도 곳곳에 있는데 무심히 보아 넘길 때에는 수국의 꽃빛이 각각 여러 가지인 줄 알았다. 알고 보니 다양한 빛깔은 수국의 생애를 보여주는 것이었다. 수국은 처음 필 때는 연두색으로 여리여리 하다가 날짜가 가면 화사한 흰 빛으로 변하고 그러다가 연분홍 꽃이 된다고 한다. 여기가 끝이 아니다. 조금 더 시간이 가면 물처럼 은은한 푸른빛이 되고 이어서 청색이 점점 짙어졌다가 마침내는 보라색 꽃이 된다.

그러다보니 꽃말도 다채롭다. 변덕과 진심, 냉정, 무정, 거만, 바람둥이, 변덕쟁이이다. 영원과 불변을 원하는 인간들의 잣대가 꽃말에 엉겨있다. 색깔에 따라 다른 꽃말도 있다. 흰색은 '변덕, 변심', 분홍색은 '처녀의 꿈', 파란색은 '거만, 냉정, 바람둥이, 무정'이다. 물을 좋아하는 꽃이다 보니 물을 닮아 자유롭고 지혜롭고 변화무쌍한 탓일까, 심지어는 리트머스 시험지 역할까지 감당한다. 초년은 흰색이지만 이후의 빛깔은 흙의 성분에 따라 달라진다. 수국의 안토시아닌 성분이 흙에서 흡수하는 성분과 반응하기 때문이다. 푸른 꽃은 토양이 산성, 붉은 꽃은 알칼리성임을 알려 준다.

그리스의 아켈레오스(Achelaoos)강은 신화에서 인격화되어 미녀 데이라네이라(Deiraneira)를 두고 헤라클레스와 결투를 하게 되는데 이 과정에서 동물로 변신한다. 강의 신 아켈레오스는 자유자재로 뱀과 황소로 변하는데, 헤라클레스는 황소가 가진 두 개의 뿔 중 하나를 뽑고 승리한다. 강의 신의 변신능력은 물이 지닌 자유로움과 지혜를 상징한다. 강의 신의 구애는 강이 굽이쳐 흘러 처녀가 사는 땅의 한 자락을 덮어버렸다는 것을 상징한다. 뱀으로 변한 것은 뱀이 기어가듯 구불구불 흐른다는 것이고 황소는 큰 소리를 내며 거침없이 흐르는 강을 의미한다. 문화영웅 헤라클레스는 사랑을 좇아

범람하는 강을 제압했고 그 결과 땅은 적당한 물기를 머금고 비옥해질 수 있었다.

다양한 꽃말을 자랑하는 수국의 계절이다. 비와 물의 기간이기도 하다. 자유에는 자유로, 지혜에는 지혜로, 변신에는 변신으로, 순환에는 순환, 생명에는 생명으로, 자연과 맞장을 뜨자. 수국의 빛깔을 변덕스럽다 흉보지 말고 그냥 즐기면 될 터이다.

갈대와 목신

영원한 처녀성을 상징하는 여신 아르테미스를 섬기던 님프 시링크스는 목신 판(Pan)의 구애를 받게 된다. 아버지는 제우스며 어머니는 님프인 판은 머리에 작은 뿔을 가진 인간과 염소를 합친 모습이었다. 판은 시링크스에게 자신의 사랑을 전했지만 순결을 중시한 그녀는 판을 피해 도망 다니며 살았다. 어느 날 쫓아오는 판에게서 벗어나고자 온 힘을 다해 달아나던 시링크스는 더 이상 도망할 수 없게 되었다.

판을 피해 수풀을 헤치고 나아간 그녀의 눈앞에는 커다

식물과 춤추는 인생정원

란 강이 기다리고 있었다. 그 강을 헤엄쳐 건널 자신이 없었던 그녀는 강의 신에게 화급히 도움을 청했다. 도와달라는 절규가 끝나기 무섭게 그녀는 순식간에 갈대숲으로 변했다. 아름다운 님프의 모습은 간 곳 없고 여리여리한 갈대가 바람에 흔들리는 광경만이 남았다. 뒤쫓던 목신 판은 크게 실망했다. 하지만 시링크스를 향한 사랑을 놓을 수 없었던 판은 갈대로 변한 시링크스로 자신의 영원한 악기를 만들었다.

이것이 바로 목신의 피리(Panpipe) '시링크스'다. '시링크스'라는 이름의 팬파이프를 가지고 다니는 이 반인반수의 목신 이야기에 감명을 받은 예술가들이 많았다. 프랑스의 상징파 시인 말라르메는 '목신의 오후'라는 시를 지었으며, 이에 영감을 받은 드뷔시는 '목신의 오후에의 전주곡'을 지어 파리 초연에서 큰 성공을 거두었다. 다소 몽환적인 이 작품은 모던 발레로도 공연되어 주목받았다.

이처럼 많은 예술가의 영감의 근원이 된 것은 바로 '갈대'였다. 뒤쫓는 목신을 피해 강을 건널 수 없었던 님프의 선택은 갈대라는 식물로 강가에 남겨졌다. 누군가의 사랑의 대상

이 되기도 싫고 그렇다고 죽음을 택할 수도 없었던 순결한 님
프는 연약한 갈대가 되었고, 그녀를 소유하고 싶었던 목신은
갈대를 악기로 만들어 늘 함께 했다. 강가나 습지에서 우아한
모습으로 살아가는 갈대를 보며 고대인들은 이런 상상을 폈
을 것이다. 물과 뭍 사이에서 생을 영위해야 하는 갈대의 처
지를 동정했을지 모른다.

　신화 속 갈대는 이렇게 순결한 처녀, 아름다운 여성을 상
징한다. 갈대는 냇가, 강기슭, 늪, 바닷가 근처에서 잘 자란다.
가을이 되면 꽃이 피고 기다란 이삭이 무리지어 휘날리는 모
습이 아름답다. 갈대는 바람 부는 대로 눕는 습성으로 인해
세상 물결 따라 휘둘리는 사람의 대명사인양 알려져 왔다. 물
가에서 사는 갈대 입장에서 보면 불어오는 바람에 꼿꼿이 맞
서게 되면 꺾이게 되어 있다. 척박한 환경에서 줄기 속을 채
우는 건 생활의 사치이기도 하다. 그래서 줄기 속을 텅 비워
현명하게 처신한다. 바람 부는 대로 누우면서 꺾이지 않고 말
이다.

　갈대는 휘청거리며 바람의 방향대로 눕지만 바람이 그칠

때면 다시 본래 자리로 돌아온다. 사람들은 갈대가 한 쪽으로 쏠린다고 비웃지만 갈대는 자발적이고 자주적으로 생존을 도모한다. 눕고 일어서고 다시 누우면서. 속을 비운 갈대이기에 어느 방향에서 어떤 바람이 불어도 아무 문제가 없다.

우리 인생도 거친 환경에서 휘둘리지만 갈대처럼 생각하고
고민하며 하루하루를 살아간다.

이 연약하고 현명한 갈대에다 인간을 비유한 사람이 있다. 파스칼은 '팡세'에서 "인간은 한 줄기의 갈대에 지나지 않는다. 자연 가운데 가장 약한 존재이다. 그러나 그것은 생각하는 갈대이다"라고 하여 '인간은 생각하는 갈대'라는 유명한 말을 남겼다. 인간의 사고력은 온 우주를 품고 뛰어넘을 수도 있을 만큼 위대하다. 하지만 인간의 육체적 실상은 연약할 수밖에 없다. 파스칼의 언명에는 양면성을 지닌 인간 실존에 관한 연민이 담겨 있다. 혹자는 이 말이 성서의 '상한 갈대'에서 유래했다고 한다. "상한 갈대를 꺾지 아니하며 꺼져가는 심지를 끄지 아니하고 진리로 공의를 베풀 것이며." 라는 구약의 구절이다.

'상한 갈대'는 이사야 선지자 시대에 양을 치는 목자들이 만들어 가지고 다니며 불던 갈대 피리를 뜻한다. 당시 목자들은 어디에나 흔한 갈대로 피리를 쉽게 만들 수 있었지만 피리가 망가졌다고 바로 버리지 않았다. 정든 피리라서 꺾어버리지 않고 고쳐 쓰곤 했다. 목신 판의 갈대(시링크스) 사랑이 목자들에게 계속 이어져 온 것이다. 목신의 사랑은 에로스였지만 성서에서 그것은 아가페로 변했다. 많은 학자들은 이 구절을 연약한 인간을 향한 신의 무한한 사랑으로 해석한다.

갈대는 여러 가지로 똑똑한 식물이다. 지하줄기에 전분을 저장하여 봄에 새싹을 틔울 때 활용하고 잎에서 만든 화학물질로 다른 종이 자기 동네에 침입하지 못하게 방어하기도 한다. 그렇게 커다란 군락을 이루고 산다. 해열과 해독효과가 좋은 갈대는 습지에 사는 갑각류와 물에 사는 물고기들의 보금자리가 되어 주기도 한다.

가을이다. 가을은 갈대의 계절이다. 갈대는 강한 생명력을 지녔다. 연약한 듯 잘 휘어지면서 거센 바람을 견딘다. 우리 인생도 거친 환경에서 휘둘리지만 갈대처럼 생각하고 고민하며 하루하루를 살아간다. 가을 강가에서 바람 부는 대로 눕고 일어서며 살아가는 갈대의 순결한 지혜와 그 갈대를 사랑한 목신을 떠올려 보면 어떨까?

꽃이 진다고 울어야 하나

모란이 피기까지는
나는 아직 나의 봄을 기다리고 있을 테요
모란이 뚝뚝 떨어져 버린 날
나는 비로소 봄을 여읜 설움에 잠길 테요
5월 어느 날, 그 하루 무덥던 날
떨어져 누운 꽃잎마저 시들어 버리고는
천지에 모란은 자취도 없어지고

뻗쳐 오르던 내 보람 서운케 무너졌느니

식물과 춤추는 인생정원

모란이 지고 말면 그뿐, 내 한 해는 다 가고 말아
삼백 예순 날 하냥 섭섭해 우옵내다
모란이 피기까지는
나는 아직 기다리고 있을 테요, 찬란한 슬픔의 봄을

일본 제국주의 강점기를 살다간 김영랑(1903~1950) 시인의
유명한 시, '모란이 피기까지는' 전문이다. 붉고 고고한 모습을
지녔던 꽃, 모란이 처절하게 떨어진 모습을 선명하게 그렸다.
일찍이 모란은 황제의 꽃으로 여겨져 중국인은 모란꽃 아래
에서 죽는 것을 소망할 정도였다고 한다. 신라 설총 때 '화왕
계'에도 모란이 왕으로 나온다. 화왕인 모란이 아첨꾼 장미와
충신인 할미꽃 사이에서 고민하는 전개가 펼쳐진다. 동양 문
화에서 모란꽃은 권력, 부귀, 공명의 상징이었다. 민속적으로
모란의 개화는 복된 앞날로, 낙화는 불길함으로 여겼다.

이러한 모란의 상징성을 생각하면 우리는 시인이 가슴아
파한 화려한 황제의 꽃, 모란의 낙화를 대한제국(1897~1910)의
멸망으로 보게 된다. 일제의 총검 앞에 멸망한 조선 대신, 고
종은 대한제국을 세우고 황제의 자리에 오른다. 하지만 황제

의 나라 대한제국마저 다시금 제국주의의 무력 앞에 스러진다. 김영랑 시인은 철저한 항일애국자로서 마지막 순간까지 단 한 번도 친일을 하지 않은 '일제 저항시인 7인' 중 한 사람이다.

그는 1917년 휘문의숙 학생 시절, 친구들과 종로에서 독립만세를 외치다 주모자로 체포되었다. 일제에 의해 모진 고

꽃이 진다고 슬퍼할 필요가 있을까?
꽃이 지면 씨앗이 열린다. 단단하고 야무진 씨앗을 얻으려면
꽃이 마냥 피어 있을 수는 없다.

식물과 춤추는 인생정원

문과 구타를 당한 후 훈방되었는데, 이 때는 3.1 운동이 일어나기 2년 전, 겨우 14살 소년이었다. 김영랑은 1919년 3월 1일 만세운동이 시작되어 전국으로 번지자 서울에서 몰래 입수한 독립선언문과 태극기를 숨겨 고향 강진으로 내려와 4월 4일에 봉기하기로 친구들과 모의한다. 그러나 거사일 며칠 전 경찰에 급습 당하여 친구들과 체포되었는데. 당시에도 16세의 어린 학생이어서 6개월 만에 석방된다.

이후 상해로 건너가 본격적인 독립운동에 몸을 바치려 하였으나, 부모의 완강한 반대로 뜻을 접어야 했다. 이후 일본 경찰의 감시에 시달리다 동경유학길에 올랐고 비밀리에 독립운동가들과 교유한다. 하지만 일본에 오래있지 못하고 귀국하게 되는데, 관동대지진으로 조선인들에 대한 무차별 학살이 자행되었기 때문이다.

고향 강진으로 돌아온 그는 1930년대 중반까지 토속적 서정이 듬뿍 담긴 작품을 썼다. 군국주의가 기승을 부리던 1930년대 말, 일제는 창씨개명을 강요했고, 지식인들에게는 천황을 찬양하고 침략전쟁을 미화하는 내용의 글을 짓도록 강요했다. 그 압박에 굴복하여 소위 '친일파' 인사로 전락한 작가들도 많다. 하지만 김영랑은 1930년 말에서 1940년 중반까지 일제의 폭압에 저항하는 시를 발표했다. 대표작은 '독을 차고'이며 '거문고', '두견', '춘향' 등이 그 뒤를 따른다.

그는 일제가 명령하는 모든 것을 온 몸으로 저항했다. 창씨개명과 신사 참배, 단발령도 거부했다. 김영랑은 자신 뿐 아니라 가족 모두에게 창씨개명을 거부하도록 했고, 매주 토요일 일본 순사들이 대문을 두드리며 신사 참배를 강요할 때도 병을 핑계로 나가지 않았다. 양복을 입고 단발을 하라는 명령에도 복종하지 않고, 해방이 될 때까지 한복을 입었다.

하지만 일제의 회유와 협박이 너무 심해지자 1940년 '춘향'을 마지막으로 절필을 선언하여, 해방이 될 때까지 단 한 편의 시도 발표하지 않았다. 우리말을 쓰는 것 자체가 죄가 되던 시기에 일본어로는 단 한 줄의 글도 남기지 않았던 시인! 김영랑은 총 대신 펜으로 싸운 독립군이다.

시인 김영랑이 '삼백 예순 날'을 꼬박꼬박 세어가며 그리워한 모란은 1945년, '삼십 여섯 해' 만에 다시 피어났다. 펜으로 싸운 독립군과 총칼로 싸운 독립군의 핏빛 정열을 거름 삼아 부활했다. '대한제국'이 '대한민국'으로 되살아났다. 삼십 여섯 해를 피고 지던 모란의 넋은, 검고 단단한 씨앗으로 남아 가장 적절한 때 가장 아름다운 모습으로 발아하고 개화했다. 지금 대한민국은 문화강국이고 경제대국이고 예절선진국이다.

꽃이 진다고 슬퍼할 필요가 있을까? 꽃이 지면 씨앗이 열린다. 나라의 운명도 개인의 삶도 마찬가지이다. 아름다운 꽃의 개화에는 이유가 있다. 하지만 낙화 또한 아름답기 그지없다. 우리 인생도 꽃이 피고 지면서 한 고비 한 고비를 넘어간다. 삶의 개화와 낙화는 자연스런 현상이다.

단단하고 야무진 씨앗을 얻으려면 꽃이 마냥 피어있을 수는 없다. 시인 김영랑은 다행히도 모란이 다시 피는 것을 보았다. 꽃이 진다고 울 필요가 있을까? 내 인생의 꽃이 떨어졌다고 슬퍼할 필요가 있겠는가?

야누스 식물

농부의 손길이 분주해지는 가을이다. 어느 때인들 바쁘지 않았겠냐마는 가을 일손은 설렘과 뿌듯함에 가득하다. 봄부터 여름까지 호흡을 맞추어 애지중지 키워온 식물들의 소중한 씨앗들을 받아내는 때이다. 하늘과 땅의 합작품인 식물의 씨앗과 열매는 온 세상을 신나게 한다. 하늘과 땅 사이에 사는 사람들은 자연이 제공한 조건 속에서 최선의 것들을 만들어내기 위해 예로부터 지금까지 땀을 흘려왔다.

그래서 동양에서는 천지인(天地人) 삼재(三才)라는 표현을 썼다. 《역경(易經)》은 삼재에 대해서 다음과 같이 말했다. "하늘의 길이 있고 사람의 길이 있고 땅의 길이 있으니 세 바탕이 어우러져 모두 동등하다." 《설문해자》에서는 '왕(王)'의 어원에 대하여 천지인을 꿰뚫어 연결하는 사람으로 언급됐다. 모름지기 남의 리더인 왕이 되려면 자연과 인간에 통달해야 함을 말했던 것이다.

하늘과 대지 사이에 식물이 있다면 그 식물을 지켜보고 키우고 즐기는 사람이 있다. 사람들은 식물의 비위를 맞추고 식물과 교감하고 식물을 살리며 자신들의 삶을 영위해 왔다. 식물이 사계절의 사이클을 한 번 돌 때 사람들도 인생의 주기를 생각했다. 꽃피고 잎이 돋는 봄에 인생의 활력과 생기를 느꼈고 푸르른 여름에는 무성한 잎들의 노동처럼 부지런히 일했다. 가을은 어떨까?

정말 많은 것을 생각하게 하는 시절이다. 새 생명이 완성되는 바로 그 자리에 죽음과 희생이 따른다. 삶과 죽음이 교차하는 현장이다. 열매와 씨앗이 익어가는 와중에 식물은 다음 사이클을 고심한다. 그래서 잎을 떨구고 심지어는 가지도 잘라낸다. 일종의 구조조정이다. 가을에 이 일을 하지 않으면 다음 생을 기획할 때 식물은 곤란해 질 것이다. 탄탄하고 건강하게 겨울을 나고 새 봄을 맞으려면 꼭 해야 할 일이다.

식물처럼 하늘과 땅 사이에 사는, 식물처럼 다리는 땅에 붙이고 머리는 하늘을 향해 사는 우리 인간들은 어떨까? 무엇을 수확하고 무엇을 버려야 하는가? 한 해라는 주기도 있고 일생이라는 주기도 존재하는데 우리 각자는 이 가을에 무엇을 해야 할까? 열심히 일해서 만든 열매가 생각보다 부실할 수도 있고 원치 않은 태풍에 채 익기도 전에 떨어져 버렸을 수도 있다. 기껏 애썼는데 별 수확이 없을 수도 있다. 그렇다고 그저 낙심하고 주저앉아야 할까?

식물은 가을에 극심한 이별을 한다. 잘 키워놓은 씨앗과도 이별하고 수고롭게 일한 잎들과도 이별한다. 끈적한 애정과 집착인 수분을 줄이면서 수많은 헤어짐에 직면한다. 그렇게 홀로 겨울을 준비한다. 이 냉정한 별리(別離)는 그들의 몫이다. 이 순간 만큼은 그 무엇과도 그 누구와도 타협하지 않는다. 사실 그들의 성적표는 잘 익은 열매가 아니다. 그것은

식물과 춤추는 인생정원

인간의 기준일 뿐. 그들의 성공한 가을은 얼마나 멋진 나신(裸身)이 되느냐에 달렸다.

버리는 그 순간에 식물은 채운다. 헤어지는 바로 그 때에
식물은 다시금 만난다.

세상이 찬사를 보냈던 외모와 업적과 명예와 부를 떨구고 본연의 모습으로 돌아가는 계절이 가을이다. 나목(裸木)은 외적인 것을 배제한 나무 본래의 능력을 상징한다. 사람으로 치면 순수한 그 사람 그 자체이다. 인생의 사이클에서 우리는 무수한 존재들과 만난다, 나무처럼. 스치는 바람도 있고 둥지 틀고 사는 새들도 있다. 가지에 매달려 탈피하는 곤충도 있고 달려와 둥치에 상처를 내는 동물들도 있다. 뿐만 아니다. 나의 가지들, 나의 잎들, 나의 꽃과 열매들과도 만나고 헤어진다.

인생은 쉴 사이 없이 만나고 또 만나고 헤어지고 또 헤어진다. 부질없이 아픔만 준 사연도 있고 하릴없이 즐겁기만 했던 인연도 있다. 상처주고 기쁨주고 도움주고 아픔을 준 그 모든 만남들,.... 그들로 하여 세계 역사는 만들어지고 인류 문명은 발전해 갔다. 거창하고 거대한 사건과 사실(史實)들도 인간과 인간이 만나고 헤어짐에 다를 것이 없다. 나무처럼 식물처럼 우리는 그렇게 수많은 만남을 계속해 왔다. 무겁다면 무거운 생의 한 가운데서 이 가을 속에서 우리는 나목을 꿈꾼다. 그리고 땅 속 깊이 내린 뿌리를 기억한다.

식물과 춤추는 인생정원

조선 중기의 시인 신흠의 시 〈야언(野言)〉을 되새겨 본다.

오동은 천년을 살아도 항상 노래를 품고,
매화는 평생 추워도 향기를 팔아먹지 않는다.
달이 천만번 이지러져도 본바탕은 그대로이고,
버들은 수없는 이별을 겪어도 다시 새 가지를 만난다.

식물과 자연의 변화하는 일상으로부터 인간의 삶을 노래
했다. 식물의 변화는 변화하지 않는다. 그래서인지 식물은,
나무는 다음 봄의 꽃과 잎을 피울 순과 눈을 기획한다. 가을
에 이파리를 들쳐보면 새로 생긴 눈을 볼 수 있다.

버리는 그 순간에 식물은 채운다. 헤어지는 바로 그 때에
식물은 다시금 만난다. 이 가을에 우리는 변함없이 '야누스
식물'을 마주한다.

사과가 뭐길래?

한 입 베어진 사과는 매혹적이다. 달콤한 과즙과 향이 느껴진다. 애플사의 로고는 동그란 사과가 아니라 한 입 먹힌 사과이다. 스티브 잡스는 어린 시절 가난했고 사과농장에서 일한 경험이 있다. 그는 사과야말로 가장 영양이 많고 오랫동안 보존되는 과일이라고 생각했다. 사과는 귀족의 과일이 아니다. 저렴하고 서민적이다. 적응력과 생명력이 강해서 어느 곳에서든 잘 자란다. 인류의 긴 역사를 함께 해온 사과는 작은 씨앗 속에 무수한 이야기를 담고 있다.

식물과 춤추는 인생정원

사과 속에 신화가, 사과 속에 전쟁이, 사과 속에 반역이, 사과 속에 혁명이, 사과 속에 발명이 있고 사과 속에 부(富)가 있다. 지금 사과는 애플컴퓨터와 아이폰의 빛나는 로고로 전 지구를 점령하는 중이다.

원초의 시절, 잃어버린 에덴의 남녀가 탐한 것은 사과였다. 사람들은 사과였으리라고 생각했다. 그래서 에덴을 묘사한 명화에는 붉고 탐스런 사과가 등장한다. 먹지 말아야 할 열매를 먹어버린 남자에게 목젖이 생겼다. 그것을 '아담의 사과(Adam's apple)'라고 부른다.

애플 로고의 사과 한 입은 바로 아담의 목젖이 되었는지도 모른다. 그 열매의 효능이 '지혜'였기 때문에 척박한 환경으로 내쳐진 인간이 이제까지 살아남았을까? 컴퓨터 속에 펼쳐지는 유비쿼터스의 세상으로 무한히 내달리는 인간의 문명을 애플이 상징하고 있는지도 모른다. 사과는 질긴 생명력으로 다양한 맛과 모양의 열매를 만들면서 최적의 생존을 도모한다. 그래서일까? 한때 애플 로고의 사과는 무지개로 채워졌었다. 여러 가지 빛깔로 다채로운 아름다움을 뽐낸 적이 있다. 단일한 가치만이 진리인 세상을 비웃는 메시지로 받아들일 수 있다. 실제로 야생사과의 빛깔은 다양하다.

잡스는 컴퓨터의 아버지 앨런 튜링 옥스퍼드대 교수를 퍽 좋아했다. 그는 맥킨토시의 기초가 된 프로그램을 만든 뛰어난 천재였으나 결국에는 자살로 생을 마쳤다. 그 도구가 된 것은 공교롭게도 청산가리를 주입한 사과였다. 앨런 튜링에 대한 아쉬움의 정이 애플사의 로고가 되었다는 설도 있다. 사실 애플사의 최초의 로고에는 뉴턴과 사과나무가 등장한다. 햇빛을 받아 반짝이는 사과와 그 나무 아래 앉아있는 만유인력의 창시자 뉴턴이다. 그림 주변에는 아주 친절한 해설이 있다. "홀로 낯설은 생각의 바다를 영원히 항해하는 마음이여!(A Mind forever voyaging through strange seas of thought ... alone)"라는 글이다. 낯익고 편안하고 익숙한 것에 주저앉지 말고 혼자서 당당하게 새로운 생각의 미지의 바다로 나가 끝없이 항해 하라는 메시지다. 뉴턴의 사과는 도전과 혁신과 반항과 모험의 사과를 뜻한다. 인간이 신에게 반항하여 얻은 열매는 그렇게 세상을 바꾸었다. 하지만 애플의 로고에 현실적인 영향을 준 인물은 존 채프먼((John Chapman)이다. 미국 전

식물과 춤추는 인생정원

역에 사과 농장을 만들어 준 사과의 아버지, 사과 전도사이다. 스티브 잡스가 일했던 사과농장도 알고 보면 존 채프먼에게서 시작되었다.

뉴턴의 사과는 도전과 혁신과 반항과 모험의 사과를 뜻한다.
인간이 신에게 반항하여 얻은 열매는 그렇게 세상을 바꾸었다.

커피자루를 옷 삼아 뒤집어쓰고 머리에는 양철냄비를 쓴 그는 작은 두 개의 배를 가지고 오하이오강을 타고 이동했다. 속을 파낸 통나무 하나에는 자신이 타고 다른 작은 통나무에 는 사과 씨앗을 태웠다. 사람들이 기억하는 그는 두 척의 통 나무배를 수평으로 평행하게 저어가는 모습이었다. 사과와 인 간이 벗 삼아 두 척의 배를 탄 것이다. 마이클 폴란은 그의 역작 '욕망하는 식물(The Botany of Desire)'에서 이 모습을 실감 나게 묘사했다. 수직으로 배를 끌지 않고 수평으로 두었다는 것은 그가 사과를 어떤 태도로 대했는지를 보여준다고 했다.

그는 1700년대부터 1800년대에 걸쳐 약 400kg의 사과 씨를 가지고 다니면서 동부 지역과 5대호 지역에 꾸준히 사 과나무를 심었고 정착민들에게 씨앗을 나누어 주었다. 일정 한 거처 없이 살면서 평생을 사과과수원 만드는 일에 종사했 다. 작은 곤충이라도 밟으면 그 벌로 신을 벗고 맨발로 다녔 다. 그는 산과 들에서 잠을 잤는데, 한 번은 통나무를 자신의 잠자리로 꾸며두었는데 새끼곰들이 먼저 들어가 자는 바람에 밖에서 잤다는 이야기도 있다. 하지만 누더기에 맨발인 기괴 한 차림의 그를 사람들은 환대했다.

자연과 인간의 연결다리를 사과로 놓아주는 그를 정착민이든 원주민(인디언)이든 모두 좋아했다. 그의 업적은 후대에 크게 평가되어 조니 애플시드(Johnny Appleseed)라는 별명과 함께 전기로 만들어지고 디즈니 애니메이션으로도 제작되었다. 지금도 미국에는 그를 기리는 학교, 기념관, 공원들이 있고 운동경기가 열린다. 존 채프먼이 평생을 가꾼 사과 과수원은 스티브 잡스의 영감과 자본의 원천이 되었다. 예쁘고 영양 좋고 달콤하고 건강한 사과! 그리고 그 사과를 베어 문 인간의 도발! 낙원에서 훔쳐 먹은 열매는 긴 세월을 거쳐 문명을 이루었고 이제 그 이후의 세상까지 넘본다. 푸른 사과의 계절이 되었다. 그 달콤함의 유혹을 우리가 어떻게 뿌리칠 수 있을까!

그가 떠난 의미

널따란 플라타너스 푸른 잎이 바람을 타고 천천히 땅으로 떨어지는 장면이 잊혀지지 않는 영화가 있다. 잎이 내려앉은 곳은 잎처럼 푸르른 젊은이들이 가득한 교정이었다. 바로 직전 장면에서는 잘생긴 청년이 스스로 세상을 하직하면서 부모와 연인과 이별한다. 그의 이른 죽음을 푸른 잎의 하강으로 묘사한 이 영화는 '미 비포 유(Me before you, 2016)'이다. 안락사를 진지하게 다룬 이 영화는 소설 원작을 바탕으로 했기에 구도가 탄탄하고 감동도 크다.

식물과 춤추는 인생정원

이 작품은 여름처럼 파란 젊음을 누려야했던 주인공 윌이 갑작스런 사고로 목 아래 부분이 마비되어 결국엔 존엄한 죽음을 선택하는 이야기이다. 그의 곁에는 새로이 마음을 나누기 시작한 연인 클라크도 있었지만 그녀의 안타까운 만류를 뿌리치고 주인공은 삶을 마감한다. 푸르고 싱싱한 잎이 정원의 거름이 되듯 그의 선택은 '그녀'의 삶의 희망과 자원이 되어 준다. 부자였던 윌이 가족부양으로 힘들게 살아가는 클라크가 꿈을 펼칠 수 있도록 유산을 남긴 것이다.

영화의 마무리는 그녀를 응원하는 그의 편지로 끝난다. "당신은 내 심장 깊이 새겨져있어요, 클라크. 우스꽝스러운 옷을 입고 환하게 웃으며 걸어 들어온 처음 그날부터. 내 생각은 너무 자주 하지 말아요. 당신이 슬픔에 빠져 우는 건 싫거든요. 그냥 잘 살아요, 그냥 살아요. 당신의 걸음걸이마다 내가 함께 할게요. 사랑을 담아서, 윌". 이제 당당하게 꿈을 펼치라고, 누구도 눈치 보지 말고 누구에게도 기죽지 말고 자신의 삶을 살라고, 그것이 내가 바라는 일이고 나의 삶과 죽음의 의미라고 말해주는 그의 진심은 흐느낌과 감동과 여운을 남긴다. 사랑이 어떻게 죽음을 숭고하게 만들 수 있는지를 이 영화는 보여준다. 젊음과 죽음이 교차되면서 이 두 사람의 연인이 어떻게 성숙되어가는 가도 알려준다.

　사람은 누구나 젊음을 선호하고 생명을 원한다. 봄의 신호를 받아 여기저기서 폭죽처럼 피어나는 꽃들은 진력을 다해 청춘을 구가한다. 꽃이 떨어지면 그 강렬함은 잎으로 옮아가고 잎들은 씨앗과 열매를 만들어 내기까지 쉼 없이 일한다. 봄에서 여름은 꽃과 잎의 절정기이다. 그들의 생명력은 우리를 설레게 하고 우리를 치닫게 한다. 우리도 그들처럼 생을 만끽하고 발랄하게 움직이고 온 힘을 다해 살아간다.

　낙엽은 가을에만 있는 게 아니다. 봄에서 여름까지도 곳곳에서 누렇게 변한 잎을 본다. 꽃이 떨어져야 씨앗이 자라나듯 황화되어 떨어지는 잎이 있어야 새 잎이 자라난다. 우리는 화사한 꽃이 좋고 푸르른 잎들이 좋다. 하지만 그것은 자연과 삶의 한 면 만을 보고 싶은 우리의 욕심이고 사치이다. 별리와 죽음은 삶의 필수적인 반대 부분이기 때문이다. 헤어짐이 없다면 만남도 없고 끝은 곧바로 시작인 것처럼.

식물과 춤추는 인생정원

요즘 우리 집 화분 안에서는 세대교체가 일어나고 있다. 얼마 전 까지만도 멀쩡했던 커다란 잎이 어느 날 갑자기 누레

안타까운 짧은 생이었지만 그는 행복한 마음으로 세상을 떠났다. 바로 그의 죽음으로 다른 생명, 사랑하는 이에게 새 희망을 줄 수 있었기에 그는 흐뭇했다.

져서 들여다보니, 다른 쪽에서 아기의 꼭 쥔 주먹 같은 작은 잎이 두 개 돋아나고 있다. 한 쪽은 늙어가고 한 쪽은 막 태어나 쑥쑥 자라난다. 한 세대가 가고 한 세대가 오는 당연하고 자연스러운 이치이다. 하지만 종종 나는 내리막이 싫고 이별이 싫고 황화 되어가는 것이 마땅치 않다. 그것이 일이든 관계이든 건강이든 간에 항상 모든 것이 푸르고 푸르기를 바라고 원했다.

생명을 지닌 것과 그렇지 않은 것을 구별하는 기준이 무엇일까? 변하는 것은 생명이고 변치 않는 것은 생명이 없는 것이다. 항상 푸르른 잎과 늘 아름다운 꽃은 생명이 없는 조화나 그림에서나 볼 수 있다. 생명의 속성이 선택이듯 우리도 항상 결정 앞에 놓여있다. 관계이든 일이든 시시각각 선택해야 한다. 우리 집 식물도 얼마 전 결단을 내린 것이다. 태양에너지가 충분치 않은 환경에서 새로운 세대를 키우려고 앞선 세대가 떠나기로 한 것이다.

인간이 유산을 자녀에게 물려주듯 식물도 떠나는 잎이 새로운 잎에게 자원(필요한 원소)을 준다. 고지대의 힘든 환경에서 2~300년을 자란 가문비나무는 메마른 땅이라는 위기 탓에 아주 단단하게 자라난다. 하지만 이들은 생존을 위해 아래쪽 가지와 잎들을 모두 떨군다. 척박한 곳에서 햇빛을 머금을 수 있는 위 쪽 가지와 잎은 남겨두어야 하기 때문이다. 떨어진 가지는 본체인 나무의 거름이 되어줄 것이다. '미 비포유'의 주인공은 나무에서 스스로 떨어져 나오기를 선택한 푸른 잎이었다.

안타까운 짧은 생이었지만 그는 행복한 마음으로 세상을 떠났다. 바로 그의 죽음으로 다른 생명, 사랑하는 이에게 새 희망을 줄 수 있었기에 그는 흐뭇했다. 잎이든 가지이든 인생이든 별반 다를 것이 없다. 잘 사는 법과 잘 죽는 법을 배우는 게 생명의 임무이다. 살아있든 죽든 누군가의 그늘과 거름이 될 수만 있다면 삶과 죽음이 무슨 대수인가, 성공과 실패가 과연 성적표인가. 내가 다녀간 자취가 누군가에게 거름이 되고 희망이 된다면 인생은 살아볼 만하고 또 죽어볼 만하지 않은가!

마음속의 '야생'

　발랄한 한 미국 청년이 허름한 버스를 배경으로 찍은 사진이 인상적인 영화 〈인투 더 와일드(Into The Wild), 2007〉를 보았다. 지인의 추천 덕분이다. 이제 막 대학을 졸업하고 다음 단계로 진입할 인생의 전기에서 청년 크리스는 야생으로 들어갈 결심을 한다. 모아 놓은 전 재산은 기부하고 신분증과 돈도 불태워버리고는 자연의 일부가 되려고 자연으로 향한다. 패기와 순수로 무장한 청년은 도중에 몇몇 사람들을 만나 도움을 받고 그들과 우정을 나눈다.

그의 발목을 잡는 사람들도 있었지만 그는 혼자의 야생으로 남는다. 거친 강물을 타다가 국경을 넘어 멕시코로 들어갔고 수용소에서 신분증을 새로 발급받을 뻔 했지만, 가식으로 물든 문명생활을 경멸하며 다시금 야생으로 향한다. 크리스는 미국의 명문 에머리대학을 우수한 성적으로 졸업했고 아버지는 뛰어난 기술자로 부유한 집안이었으나, 부모님의 거듭되는 불화와 자신과 여동생이 사생아라는 점을 알게 된 후, 세상의 위선에 실망하여 사람들의 세상이 아닌 자연으로 향한 것이다.

하지만 현실적으로 그는 알래스카에 가기까지 그리고 알래스카에서 생활하는 몇 개월 동안 이런 저런 사람들의 도움을 받았으며 문명의 한 조각인 버려진 버스 안에서 생활했고 총을 사용하여 작은 동물들을 사냥해 먹었다. 인간이 펼쳐 놓은 도시와 문명과 화폐를 경멸했지만 밀농장에서 일꾼으로 일하며 돈을 벌면서 사람들에게서 야생에서 사는 법을 전수받았고, 힘들 때에는 히피 커플과 따뜻한 정을 나누기도 하고 산 속에서 홀로 사는 노인의 사랑과 관심을 받기도 하였다.

주인공은 용감하게 야생 속으로 걸어 들어갔지만 여전히 사람들 사이의 따뜻한 정과 문명의 도구들을 필요로 하였다. 강물의 위험과 폭포의 위협, 산악과 야생동물들은 그에게 힘든 환경이었다. 영화를 보는 내내 무모하지만 생기발랄한 젊

야생이란 무엇인가? 자신이 처한 환경을 무한긍정하고
그 곳에서 생을 화려하게 피워내는 것, 그것이 야생에 속한
모든 생명체가 하는 일이 아닐까?

식물과 춤추는 인생정원

은이의 하루하루는 감동적이었다. 그의 가출과 모험이 부모님과 기성사회에 대한 반항에서 시작되었다고 해도, 젊은 패기를 맘껏 떨치고 나서 가족의 품으로 돌아가는 장면을 상상하며 기대를 버리지 않았다. 운 좋게 덩치 큰 사슴을 사냥하여 기뻐할 때는 사슴이 불쌍하기도 했지만 굶주린 청년의 편이 되어 보기도 했다.

하지만 이 영화 최고의 반전은 급작스런 그의 죽음이었다. 그것도 가장 만만하고(?) 연약한 존재인 식물의 급습으로 인한 죽음이었다. 사냥할 동물도 보이지 않고 기아 상태로 접어든 그는 식물도감을 보고 식용할 수 있는 식물을 골라 먹는다. 하지만 자신이 먹은 식물이 식용식물과 비슷하게 생긴 독초라는 걸 알게 되었을 때에는 이미 몸에 독이 퍼진 상태였다. 험난한 자연과 위험한 동물들 속에서도 살아남았던 청년은 어이없게도 식물의 습격으로 목숨을 잃고야 만다.

외부로 연락할 수 있는 수단도 전혀 없었던 그는 누구에게도 도움을 요청할 수 없었다. S.O.S편지를 써서 버스 문에 붙여 두는 게 최선이었다. 젊은 그는 사랑하는 가족을 떠올리면서 은신처인 버스 속에서 생을 마감한다. 그의 육신은 다행히도 19일 후에 발견되었고 버스 안에는 사진과 메모 등 기록들이 남아있었다. 무모했지만 용감하기도 했던 크리스의 이야기는 기사화되고 책으로 발간되고 결국에는 영화로 만들어진다. 데이빗 소로(Henry David Thoreau)의 책을 즐겨 읽던 이 청년이 왜 소로처럼 자연에서의 삶을 준비하지 않았을까 아쉬운 마음이 든다.

그가 자연의 삶을 꾸리려면 수렵보다는 농경에 의존했어야 했다. 총이 아닌 농기구를 장만했어야 했다. 그것이 바로 인류가 발전해 온 방식이니까. 채집과 사냥에 의존했던 인류는 시간이 흐르면서 농경과 목축을 알게 된다. 그리고 일회성이 아닌 지속적인 생산으로 안정적인 생활로 접어든다. 도시 문명에 익숙한 젊은이가 패기 하나를 들고 야생으로 들어간 안타까운 이 이야기는 사람들에게 많은 생각을 불러일으킨다.

더욱이 마음이 짠한 것은 그가 죽어가면서 그렇게도 기다리던 도움의 손길이 불과 500미터 떨어진 곳에 마련되어 있었다는 점이다. 그에게 지도만 있었어도 그렇게 허망하게 죽어가지 않았을 것이다. 그의 부모는 말없이 사라진 아들을 찾느라 사설탐정을 고용했고 밤잠을 이루지 못한 채 시름시름 꺼져갔다. 하나 뿐인 여동생도 아무 연락이 없는 오빠를 원망도 하고 그리워하기도 하며 애타게 기다렸다. 주인공이 야생의 삶을 '동물처럼'이 아닌 '식물처럼' 사는 것으로 생각하고 실천했다면 그의 젊은 날은 데이빗 소로의 이야기처럼 깊고 울림이 있고 충만할 수 있었다.

그가 자신의 가정적 환경과 사회적 현실을 식물처럼 수용하여 부모님을 용서하고 이해하면서 자신의 성장을 도모했다면 그는 아름다운 사과나무로 자라났을 것이다. 영화 '인투 더 와일드'를 보고 난 독자들의 감상은 여러 가지로 나뉜다, 감독이 의도한 것이 무엇이었는가도 많은 의견이 있다. 야생이란 무엇인가? 자신이 처한 환경을 무한긍정하고 그 곳에서 생을 화려하게 피워내는 것, 그것이 야생에 속한 모든 생명체가 하는 일이 아닐까? 그의 행보가 안타까운 것은 마음속의 야생을 만끽하지 못했다는 사실이다.

식물은 알고 있다

　　베르나르 베르베르의 단편집 《나무》에는 나무와 소녀의 애틋한 우정 이야기가 실려 있다. 소녀는 어릴 적부터 나무를 찾아가 자기 마음을 속삭인다. 기쁠 때나 슬플 때, 특별한 날에도 나무와 아픔과 즐거움을 함께 하며 살아간다. 여기까지 보면 마치 《아낌없이 주는 나무》의 한 장면 같다. 하지만 베르베르의 단편집에 나오는 나무 이야기는 분위기의 급변이 있다.

　　어느덧 숙녀로 자란 소녀가 이 나무 앞에서 그만 친구에게 살해당하고 만다. 소녀는 나무가 알아주기를 바랐는지 범인의 머리칼을 나무 둥치 속 구멍에 숨겨두고 숨을 거둔다. 긴 세월 함께했던 친구를 잃은 나무는 우울하고 힘든 나날을 보낸다. 살해사건이 바로 이 나무 아래서 일어났으니 경찰이 현장 조사하러 오지만, 아무런 단서를 찾지 못했다. 살해사건의 유일한 증인인 나무는 누가 범인이라고 말하고 싶지만 그저 마음 뿐, 사랑하는 친구를 위해 아무 일도 할 수 없었다.

그래서인지 이 단편의 제목은 "말없는 친구"이다. 고심하던 나무는 어느 날, 필생의 결심을 한다. 멀리서 경찰들의 음성이 들려올 때 나무는 온 힘을 다해 범인의 단서를 알려주기로 한다. 나무 주위를 맴돌던 경찰이 돌아가려고 할 때 나무는 소녀를 위해 잎을 하나 떨군다. '말없는 친구'가 죽을 힘을 다해 친구를 위해 한 일이었다. 경찰들은 웬 커다란 나뭇잎이 하나 툭 떨어지는 것을 발견하고 걸음을 멈춘다.

나뭇잎이 떨어지자 둥치에 난 커다란 구멍이 드러났다. 그리고 그 구멍 안에는 바로 범인의 머리칼이 들어 있었다. 나무는 자신의 친구를 위해 큰 일을 해냈다. 경찰은 그 단서로

'나의 나무'를 만들어 속내를 이야기하고 지친 마음을 위안하는
식물과의 교감을 가져 보자.

식물과 춤추는 인생정원

범인을 잡을 수 있었고 나무는 친구의 원한을 풀어주었다. 작가 베르나르 베르베르는 식물의 각종 능력에 대해 관심도 있고 지식도 있었다. 그의 작품노트를 보면 식물의 생태와 미처 알려지지 않은 식물의 능력에 대해 기술한 것이 보인다.

미국 CIA의 거짓말 탐지 전문가 클리브 백스터(Cleave Backster)박사는 1966년의 어느 날 아주 엉뚱한 짓을 했다. 자신이 금방 물을 준 화초의 잎에 피의자의 감정 상태를 측정하는 기계장치를 들이댄 것이다. 그랬더니 거짓말탐지기 바늘이 마치 화초가 숨을 쉬듯 평온하게 움직였다. 백스터 박사는 호기심에 화초의 잎사귀 한 장을 태워보려고 성냥을 가져왔는데, 그가 불을 붙이기도 전에 거짓말 탐지기 눈금이 거칠게 움직이기 시작했다. 그는 너무나 놀랐고 흥분한 가슴을 진정시키며 다른 식물들에게도 똑같이 기계장치를 디밀었다.

결과는 엄청났다. 식물들은 자신의 감정을 그래프로 보여주었다. 백스터 박사는 조금 복잡한 실험을 해보았다. 여섯 명의 학생들을 참가시켜 식물을 괴롭히는 실험을 했다. 한 명의 학생이 두 개의 식물이 있는 방에 들어가서 한 식물의 뿌리를 뽑고 그 뿌리를 완전히 짓이기는 것이었다. 하지만 학생들은 누가 그런 짓을 했는지 서로 모른다. 범인을 아는 것은 오직 방에 남겨진 식물뿐이었다.

박사는 이 식물증인에게 검류계를 대고 여섯 학생이 차례로 식물 앞으로 지나가게 하였다. 식물은 다른 학생들이 지나갈 때는 아무 반응을 보이지 않았으나 범인 학생이 나타나자 확실하게 반응했다. 바늘이 격렬하게 움직인 것이다. 이 식물증인은 범인을 기억했다. 다른 실험도 있었는데, 화분 두 개를 놓고 한 화분에만 물을 주어서 옆의 화초는 말려 죽였다. 그런데 옆에 있던 화초가 말라 죽는 모습을 본 화초 역시 물을 주어도 좋아하지 않고 아주 약해지면서 눈금을 힘없이 움직이다 며칠 뒤 죽었다.

백스터는 이러한 실험의 결과를 통해 "식물은 기쁨과 두려움을 구분하며 기억을 하는 등 여러 가지 심리적 작용이 가능하다"고 주장했다. 작가 베르나르는 백스터의 실험 결과를 알았을 것이다. 그래서 인간과 식물 사이에 가능한 교감을 감동적으로 그려내었다. 생명이 있는 존재들은 인간이나 식물이나 동물이나 간에 서로 통하고 보듬을 수 있다.

'사랑의 기술'을 쓴 에리히 프롬(Erich Fromm)은 생명애를 "생명과 살아있는 모든 것에 대한 감정적 사랑"으로 정의했다. 지인들 중에는 가까운 곳에 '나의 나무'를 만들어 기쁠 때나 슬플 때 발걸음을 하며 그 아래서 안식과 위안을 찾는 분들이 있다. 더위가 점차 물러가는 이 가을, '나의 나무'를 만들어 속내를 이야기하고 지친 마음을 위안하는 식물과의 교감을 가져 보자. 나무는 고개를 끄덕이며 나의 마음을 받아 줄 것이다. 식물은 우리가 아직 모르는 정말 많은 것을 알고 있다!

국화를 기다리며

"한 송이 국화꽃을 피우기 위해 봄부터 소쩍새는 그렇게 울었나 보다. 한 송이의 국화꽃을 피우기 위해 천둥은 먹구름 속에서 또 그렇게 울었나 보다. (중략) 노오란 네 꽃잎이 피려고 간밤엔 무서리가 저리 내리고 내게는 잠도 오지 않았나 보다."

서정주의 '국화 옆에서'는 우리에게 친숙한 작품이다. 현대인의 관점에서 국화를 노래했다. 국화는 조금만 있으면 어디에나 피어나 우리를 흐뭇하게 반겨줄 것이다.

선선해진 날씨는 가을을 재촉하고 나의 눈앞에는 지난 늦가을 헤어진 노란 소국이 아른거린다. 서정주는 국화가 중년의 여인을 떠올린다고 했지만 나는 젊은 시절부터 국화를 좋아했다. 누군가 가장 좋아하는 꽃이 무어냐고 물으면 주저 없이 가을에 피는 작고 노란 국화라고 대답해 왔다. 커다란 송이를 지닌 노란 국화도 있지만 큰 국화는 어쩐지 감당하기 힘들어 보여서이다. 우아하고 고결한 강한 분위기에 압도되어 성큼 다가가기 힘들다.

하지만 소국은 귀엽다. 노란 국화의 고귀함과 작은 송이가 주는 앙증맞음이 조화롭다. 그래서 소국과는 부담 없이 사귈 수 있을 것 같다. 국화의 향은 또 어떤가? 진한 매력은 없지만 머릿 속까지 상쾌하게 하는 그윽함이 오히려 더 아찔하다. 그래서 옛사람들은 국침(국화꽃베개)을 만들어 사용했다. 국침은 불면증과 두통에 효과가 좋다고 한다. 개화기간이 긴 국화가 불로장수를 상징한 것은 우연이 아니다.

국화가 피기까지 지나온 세월을 시인은 봄과 여름의 소쩍새와 천둥소리로 엮어냈다. 뭇 꽃들이 지고 난 계절의 끝에 서리와 추위 속에 피는 꽃을 시인은 찬양했다. 옛 중국과 조선에서도 국화는 관심과 칭송의 대상이었다. 조선 시대 선비의 대명사인 퇴계 선생은 틈만 나면 관직에서 은퇴했다. 고향인 안동 도산에 돌아와 퇴계(退溪)라고 스스로를 칭한 것만 보아도 알 수 있다. 여러 왕들이 선생의 학문과 식견을 구했고 나라를

황량해진 늦가을에 오롯이 피는 국화는 세상의 번잡함과
영화를 떠나 기품 있게 살아가는 의인(義人)을 상징한다.

식물과 춤추는 인생정원

위해 인생의 봄 여름을 지냈지만 선생의 꿈은 한가지였는데, 자연 속에서 즐기며 제자와 후학들과 공부하는 것이었다.

'은퇴의 대가' 퇴계 선생이 가장 사랑하고 즐긴 꽃이 바로 국화이다. 인생의 가을로 접어든 선생은 15년 연하의 후학을 존경하고 좋아했다. 임형수라는 후학인데 그는 퇴계 선생에게 제자의 예를 갖추었다. 임형수에게 보낸 시를 보면 '은일(隱逸)군자'인 국화에 자신의 마음을 빗댄 것을 볼 수 있다. "붉은 화장이 어찌 가을국화를 비출까!"라는 구절은 봄날에 붉게 피어난 꽃들이 국화를 따를 수 없다는 뜻으로 해석된다. 옛 선비들은 시류에 따르지 않았고 권력자 왕이라도 바른 길을 가지 않으면 저항했다.

나라의 부름을 받아 요직을 거친 퇴계선생은 친구에게 보내는 서한에서 조정의 현실을 통탄했다. 마치 '낚시에 걸린 고기처럼' 처량한 신세가 되고야 마는 조정 속 선비의 아픔을 토로했다. 강직하면 목숨을 보존하지 못하는 현실을 증명하듯 퇴계 선생이 아끼던 임형수는 33세의 나이에 사화로 요절한다. '붉은 화장'은 봄 여름에 피어나는 꽃, 여럿이 와자지껄

하면서 현실을 사는 정치인들로 해석할 수 있다. 고고하게 가을에 피어나는 국화처럼 올곧은 선비들이 많기를 바란 퇴계 선생은 그 자신이 '가을 국화'였다. 그래서일까? 국화를 의인화한 시도 지었다.

국답(菊答), 즉 '국화가 답하다'라는 시이다. 학자이자 시인인 선생의 상상력이 돋보인다. "누런 빛깔은 하늘이 준 것이니 변할 수 없고 초췌해도 비와 이슬 먹고 자라나니" "붉은 화장이 아니어도, 모습이 초췌해도, 따뜻한 햇볕이 없어도, 바람과 서리 속에서 꿋꿋하게 살아간다"는 국화의 답변이다. 국화는 은퇴한 퇴계 선생 자신이다. 가을로 접어들어 완숙한 학문과 인생을 갈무리하는 선생은 놀랍게도 인생의 봄여름을 지내는 후학들과 흥겹게 교유하였다.

거의 40세 나이 차이가 나는, 당시로서는 손자뻘인 제자들과 주고받은 시를 보면 선생이 얼마나 소탈하고 푸근한 분이었나를 알 수 있다. 서쪽 산기슭에 국화나들이를 가자는 젊은 제자들의 제안에 즐거이 길을 나선 퇴계선생은, 이제는 늙어 총기가 떨어져 분위기를 깰 수도 있겠지만 국화를 즐기다가 술 취해 쓰러지면 어떠냐는 시를 읊는다. 가을국화 같은 선생의 알싸한 향기가 느껴진다.

그 향기가 젊은 제자들과의 허물없는 만남을 가능하게 했을 것이다. 강희안은 '양화소록'에서 국화의 원산지가 중국이라고 했는데 우리나라도 삼국시대나 그 이전에도 국화가 있었다는 기록이 남아 있다. 우리 땅에 자생한 국화가 중국으로부터 온 국화와 함께 재배되었을 것이다. 국화는 일본에도 건너가 일본 황실의 문장(紋章)에 들어가 있다. 국화는 매화, 난초, 대나무와 더불어 동양의 사군자(四君子)로 명성을 떨치는 꽃이다.

늦가을에 오롯이 피는 국화는 세상의 번잡함과 영화를 떠나 기품 있게 살아가는 의인(義人)을 상징한다. 퇴계선생은 국화와 대화를 나눌 정도로 국화를 사랑했다. 가을국화 같은 노년에 봄꽃, 여름꽃 같은 제자들과 세대를 뛰어넘는 교제를 나누며 그윽한 향을 발했다. 조금 있으면 국화의 계절이다. 이번 가을에는 국화향에 취해 퇴계선생과 노닐고 싶다.

무릉도원의 주인

향긋하고 달콤한 복숭아의 계절이다. 황도와 백도의 시절은 그리 길지 않다. 잘 익었는가 하면 금방 물러버리고 맛이 빠지는 복숭아의 타이밍을 잡으려고 해마다 이맘때면 서둘러 과일가게로 간다.

서양에서 사과가 환영받았다면 동양에서 복숭아는 지존의 지위를 누렸다. 복숭아는 최고의 꿈과 이상을 상징했다. 서양인들이 돌아가야 할 낙원을 사과의 정원으로 느꼈다면 동양인들은 복숭아의 숲으로 그렸다.

어딘가에 있을 듯 하지만 쉽사리 갈 수 없는 그곳! 그래서 늘 가슴 졸이며 찾아 헤매는 곳, 하지만 분명히 존재하는 곳! 이 곳이 바로 무릉도원이었다. 무릉도원은 중국의 시인 도연명의 '도화원기'에 묘사되었다. 진나라 시대에 후난성 무릉에 사는 어부가 배를 타고 가다가 복사꽃이 만발한 도원을 발견했다는 이야기다. 동굴을 지나 펼쳐진 마을에는 500년 전 진(秦)나라 시절 피난 온 사람들이 살고 있었다. 어른 아이 할 것 없이 평화로운 이 마을 사람들은 바깥세상에서 온 어부를 후대하며 많은 이야기를 청해 들었다. 그들은 500년 동안 세상에서 벌어지는 이야기는 전혀 알지 못했지만 누구보다 풍요롭고 행복했다. 어부는 이후 다시 그곳에 가고 싶었지만, 도원을 찾지 못했다고 한다.

복숭아는 복사나무의 열매인데 복사나무는 벚나무 속(屬)에 속하는 식물이다. 시트론, 석류열매와 함께 북숭아는 지복(至福)의 세 가지 과실 중의 하나로 손꼽혔다. 열매인 복숭아는 예로부터 장생불사의 과실로 여겼다. 도교에서 복숭아 나무는 곤륜산의 낙원에 있는 생명의 나무로 신선들이 즐겨 먹었다고 전해진다.

복숭아는 곤륜산의 신선인 서왕모의 표장이다. 서왕모가 3,000년에 한 번 맺는 천도복숭아를 가져다가 한무제와 함께 먹었다는 전설이 있다. 한무제는 중국의 위대한 황제 중 한 사람이다. '서유기'에는 서왕모의 복숭아를 훔쳐 먹고 불사의 존재가 된 영리한 황금원숭이 손오공이 등장한다. 그렇게 복숭아는 건강과 젊음을 상징한다. 중국 역사의 위대한 인물들이 나라사랑을 결의한 곳도 하필 복숭아나무 아래였다.

후한 말 황건적으로 인해 의병을 모집하던 때에 유비, 관우, 장비가 장비의 집 뒤뜰(유비의 집이라는 설도 있음)에서 만나 의형제를 맺은 일(도원결의)에 주목하자. 유비는 서왕모와 복숭아를 나누어 먹은 한무제를 본받으려 노력한 인물이기도 하다. 복숭아 숲에 세 사람이 모여 의로움을 위해 뭉친 이 일로 인해, 이후 '도원결의'는 공익을 위해 사람들이 뜻을 모아 합심하는 일의 대명사가 되었다. 세 사람은 무엇을 결의했을까?

나라와 백성을 구하기 위해 의형제를 맺은 세 사람이 동고동락할 뿐 아니라 생사를 같이한다는 내용을 두고 학자들

　　　　　　　　　　　식물과 춤추는 인생정원

어딘가 있을 듯 하지만 쉽사리 갈 수 없고 늘 가슴 졸이며 찾아
헤매는 곳! 무릉도원 가는 길 복사꽃이 뿌려지고 있다.

은 나관중의 '삼국지연의'에 나온 도원결의가 사실이 아니고 나관중이 꾸며낸 이야기라고 한다. 하지만 정말로 궁금한 것은 왜 그들이 하필 복숭아 나무 아래에서 의형제를 맺었다고 했는가 하는 점이다. '삼국지연의'는 원말 명초에 나온 책이니, 삼국의 시대로부터 무려 1,000년이 흐른 이후이다. 그러니까 그 안에는 긴 세월 동안 사람들의 애환과 전설 등 수많은 이야기가 녹아 있다.

복숭아 나무는 예로부터 중국과 동양에서 꿈의 이상향을 상징하는 존재였으니 나관중의 작가적 상상력을 자극하기에 충분했을 것이다. 만물이 기지개를 켜는 봄을 배경으로 하여 연분홍 복사꽃이 화사하게 피어난 장면을 상상해 보라! 그곳에서 어떤 결의를 하였든지 어떤 맹세를 하였든지 간에 그 끝은 아름답고 풍성하게 마무리 되지 않았을까? 탐스러운 복숭아 열매처럼 그들의 염원은 자라나고 익어갔을 터이다. 나라를 구하려는 그들의 의기에 식물이 함께하지 않았다면, 복숭아 나무가 함께 하지 않았다면 얼마나 초라하고 건조한 장면이 연출되었을까!

'삼국지연의'의 작가는 그렇게 복숭아처럼 익어갈 그들의 꿈과 이상을 박아 놓았다. 세 사람의 결의는 '적벽가' 앞부분에 배치되어 있다. 일부를 옮기면 다음과 같다. "도원이 어데인고 한날 탁현이라 누상촌(樓桑村) 봄이 들어 붉은 안개 빚어나고 반도하(蟠桃河) 흐르난 물 아침 노을에 물들었다. 제단(祭壇)을 살펴보니 금(禁)줄을 둘러치고 오우백마(烏牛白馬)로 제지내며 세 사람이 손을 잡고 의맹(義盟)을 정하는디 유현덕으로 장형 삼고 관운장(關雲長)은 중형이요 장익덕(張翼德) 아우되여 몸은 비록 삼인이나 마음과 정신은 한 몸이라 유관장(劉關張) 의형제는 같은 연월 한 날 한 시에 죽기로써 맹약(盟約)허고 피 끓는 구국충심 도원결의(桃園結義) 이루었구나."

의형제의 맹약이 저절로 완성될 수 없듯이 복사꽃이 복숭아가 되기까지 거쳐야 할 날들과 일들과 힘들은 다 헤아릴 수 없다. 하지만 열매에 실패할까 보아 피지 못하는 소심한 꽃은 없다. 달고 맛있는 복숭아 열매는 금방 시들 수 있지만 그 안의 단단한 씨앗은 후대를 기약하기 때문이다. 복숭아 씨앗 '도인(桃仁)'은 한약재로도 쓰이는 귀한 물건이다. 그 씨앗을 두고두고 전하기 위해 세 사람은 마음을 모았다. 그들의 마음이 향한 곳은 어딘가에 반드시 존재하는 이상의 땅, 무릉도원이었다. 복숭아꽃처럼 자유와 평등이 화사하게 피어나는 곳, 복숭아 열매처럼 풍요와 행복이 그치지 않는 곳! 잘 익은 복숭아의 향과 맛에 취해 시공을 넘어 보았다.

식물과 춤추는 인생정원

낙엽의 이유

오 헨리의 〈마지막 잎새〉는 가을에서 겨울로 가는 인생을 보여준다. 폐렴에 걸린 화가지망생 소녀가 병상에서 하나둘 세고 있는 옆집 담쟁이덩굴 이파리는 가을을 달리고 있다. 잎들이 모두 떨어져 버릴 때 자신의 생도 겨울로 마감할 거라고 믿는 그녀는 마지막 남은 한 개의 잎에 시선을 모은다. 찬바람에 파르르 떨고 또 떨지만 가지에 끝까지 매달려 있는 잎을 매일 바라보면서 그의 절망은 희망으로 변해간다. 가을을 견디며 겨울로 소환되지 않는 잎처럼 자신의 가을 또한 확장되는 걸 느낀다. 그리고 그녀는 살아낸다.

아주 긴 가을이었지만 그의 가을은 어느덧 봄이 되었다. 낙엽이 없다면 우리는 어떤 인생을 살까? 늘 푸른 잎을 자랑한다면 우리는 어떻게 지낼까? 1980년대 한국 대중가요계에 신선한 자극을 준 산울림의 노래 중 〈그대 떠나는 날에 비가 오는가〉라는 노래가 있다. 비는 눈물이고 슬픔이다. 임이 떠나는 날, 비는 내리지만 정작 주인공은 울지 않았다. 그가 삼킨 엄청난 양의 눈물이 결국에는 빗물이 되어 쏟아졌을 것이다. 노랫말 속에는 '그대 떠나는 날에 잎이 지는가!'라는 구절이 있는데, 이 구절이 훨씬 마음에 닿는다. '그대'라는 열매를 맺기 위해 긴 세월 애썼던 그 잎은 이제 무참히 떨어져 구른다.

마음의 나뭇가지에서 툭! 하고 떨어지는 잎은 가을낙엽을 떠올리면 되니 더 공감이 된다. 가을 낙엽이 없다면 우리는 이별을 어떻게 느낄까? 삶의 아픔을 어떻게 견디어 낼까? 우리는 그저 본성대로 살아가는 식물을 동반자로 산다. 마음의 그라데이션이 식물에 투영된다. 내가 나의 마음을 만나는 것은 쉽지 않다. 전문가의 도움이 필요하다. 사랑의 힘이 필요하다는 이론도 있다. 사랑은 자신을 상대에게 비추어 내는

것이기도 하고 상대에게서 나의 아름다움을 찾아내는 것이기
도 하므로.

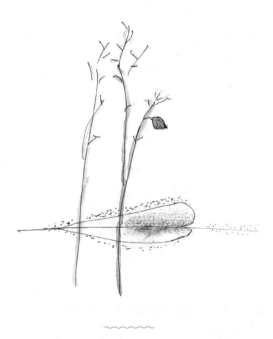

오 헨리의 <마지막 잎새>는 가을에서 겨울로 가는
인생을 보여준다.

사랑은 값진 만큼 지불할 비용도 많고 때로는 부도도 난다. 만개한 꽃을 사랑의 기쁨에 표현하기도 하고 만남은 꽃과 나비의 조우라고 본다. 지는 꽃 시든 꽃은 스러져가는 사랑의 아픔이다. 산울림의 노래 중 〈아마 늦은 여름이었을거야〉는 늦여름 숲속 햇살 사이 연인의 모습을 그렸다. 늦여름의 나른한 나무들 사이로 아른거린 사랑하는 사람의 눈빛이 아름답다. 그 눈빛에 취한 주인공에게 숲은 뽀얀 우윳빛으로 변한다. 늦여름 숲은 노동의 절정이다. 열매를 완성하기 위한 식물들의 수고가 들리는 듯하다. 노래 속 연인들의 사랑도 결실이 가까울 것이다.

인생의 모퉁이를 돌 때마다 우리는 자연에, 더 정확히는 식물에 다가간다. 식물이 없다면 인생과 사랑을 어떻게 비추어 볼 수 있을까. 새싹은 어린아이고 신록은 청춘이며 열매는 노력의 산물과 자녀를 상징하고 낙엽은 노년을 말해준다.

〈인생〉이란 노래의 작사가이며 친숙한 수많은 대중가요에 옷을 입혀준 작사가 장경수는 가평에 둥지를 틀고 숲을 만끽하며 산다. 아침고요수목원은 그가 즐겨 찾는 산책길이다.

그 곳에 인생이 있기에 그는 그곳을 찾는다. 바람소리 물소리 속에서 숨 쉬고 잠자는 식물들이 있다. 천곡이 넘는 노랫말의 대가는 영감을 숲에서 얻는다. 그의 심상에서 단번에 내닫는 노랫말들은 나무와 식물들의 귓속말이다. 그렇게 수십 년을 채워나간 원고지와 메모지들 속에는 삶의 고뇌와 번민과 잠 못 이루는 밤과 이별과 풋사랑과 희열이 있다. 그는 식물의 결에서 인생의 무늬를 찾으며 정제된 언어를 완성한다. 그래서 소박하지만 묵중한 울림을 받는다.

〈마지막 잎새〉의 주인공은 잎을 희망으로 살아냈고 우리 보통사람들은 식물이 선사한 대중가요를 의지처로 살아가기도 한다. 클래식도 마찬가지다. 악성 베토벤은 평생 숲에서 영감을 얻었다. 그의 육필원고에는 나무와 숲에 대한 경이가 나 있다. "시골에 있으면 마치 나무 한 그루 한 그루가 내게 말을 거는 것 같다. '신성하다! 신성하다!'라고." 그는 나무와 풀과 이끼와 씨앗과 꽃과 잎들이 엉기고 구르고 피어나고 지고 떨어지면서 제 할 일을 다 하는 치열함을 보았다. 그들의 치열함은 자연이고 감동이다. 예상치 못한 수술을 받고 몸과 마음이 힘들었던 시절, 식물의 삶을 곱씹었다.

식물로 치면 둥치에 쿵하고 충격을 받았거나 상한 가지와 낙엽을 떨군 셈이었다. 식물적 사고가 아니라면 식물과 함께 하지 못하면 어디에서 위안을 받고 다시 일어설 것인가. 나의 주변에는 늘 함께 해주는 나무 같은 분들이 있다. 그 숲에서 나는 연약한 나무다. 건장하고 싱그런 그분들이 위안과 용기를 준다. 함께 가자고, 힘들지 않다고 속삭여준다. 그렇게 우리숲은 뚫리지 않는다. 우리는 식물로 인생을 산다. 그들의 열매는 우리의 주린 배를 채워주고 그들의 삶은 우리의 마음과 정신을 풍성하게 한다. 행복하면 행복한 대로 불행하고 힘들면 그것 그대로.

식물의 계절이다. 그들이 없다면 누구도 가을을 알 수 없다. 누른 들판도 앙상한 가지도 익어가는 열매도 부끄러운 단풍도 노마드 낙엽도 모두가 가을의 주역이다. 아니, 삶의 주인공이다. 식물과 함께라면 전문가의 도움이나 사랑하는 사람 없이도 우리 모습을 볼 수 있다. 식물들은 우리 마음의 거울이다. 익어가는 '잎새' 속에서 나의 모습을 만날 수 있다.

2부

전략과 지혜로
똘똘 뭉친
식물들

개운해야 개운한다

엊그제 머리를 잘랐다. 코로나 상황 덕분(?)에 머리를 방치했더니 어느새 삐쭉삐쭉 길어졌다. 모처럼 긴 머리가 되니 반가워서 다시 짧은 머리로 돌아가고 싶지는 않았다. 하지만 단골 헤어디자이너의 손에서 어느새 머리칼은 절반이 잘리고 없어졌다. 사실 자르려고 한 것은 아니었다. 그저 조금 산뜻해지고 싶었는데 가위 든 사람이 임자다. 머리가 잘리니 섭섭하기도 하고 개운하기도 하다.

사회적 거리두기 등으로 집에 있는 시간이 많아지다 보니

식물과 춤추는 인생정원

아들 녀석의 성화가 심해졌다. 이것저것 살림이 많아 집이 아니고 물류센터란다. 좁은 집에 가장 많은 것이 책이고 다음으로 옷, 학용품 등이다. 보채는 통에 책을 정리했다. 이미 다 본 책, 보려고 샀는데 안보고 있는 책을 주로 버렸다. 한 권 한 권이 아쉬울 때마다 도서관을 떠올리며 책들과 이별했다. 다음으로 옷을 정리했다. 너무 오래 입어서 지겨워진 것과 '언젠가는 꼭 입어야지' 하고 희망을 걸어둔 것들과 헤어졌다. 옷 하나에 담긴 기억과 사연과 시간과 공간이 어찌 그리 많은지 내심 놀랐다.

그들을 정리하고 나니 마음이 아주 개운해졌다. 과거와의 결별이 이루어진 것이다. 없어도 되는 물건들을 빼버리고 나니 집이 넓어졌다. 마음의 방도 시원해졌다. 마음의 방 안에는 함께 했던 물건들에 묻어있는 추억들이 가득했다. 여러 가지 염원들도 있었다. 예전의 어느 순간으로 돌아가고 싶은 마음, 앞으로 이렇게 되었으면 좋겠다는 소망… 과거와 미래가 배어있는 책과 옷가지를 치우고 난 순간 마음이 산뜻하고 개운해짐을 느꼈다.

'개운(開運)이란 게 이거구나!' 조금 있으면 꽃들이 피어날 것이다. 잎들도 고개를 내밀 것이다. 새 봄의 꽃과 잎은 식물의 생에 있어 개운이다. 식물들은 현재를 산다. 현재가 과거이고 현재가 미래이다. 겨울의 나목을 바라보며 많은 생각을 해왔고 그 생각들은 해마다 달랐다. 지난 겨울에는 '버리고 텅 비우는' 식물의 모습에 감탄했었다. 하지만 정작 나 자신은 모든 것을 움켜쥐고 집착했다. 식물이 지닌 '무소유' 정신을 제대로 깨닫지 못한 탓이다. 식물은 소유도 잘하고 무소유도 잘한다.

고등식물은 물, 공기, 태양 에너지 및 토양에서 흡수된 필수 원소들이 있는 조건 하에서 정상적인 생장에 필요한 유기화합물 및 기타화합물을 합성할 수 있는 '독립영양체'이다. 이 독립영양체인 식물은 시시각각 자신들이 합성하거나 저장한 것들을 밖으로 내보낼 줄도 안다. 예를 들면 뿌리로 열심히 흡수한 물의 97%는 증발시킨다. 식물이 애써 모은 물을 버리는 이유는 무엇일까? 물을 증발하는 과정에서 이산화탄소의 흡수가 촉진되면서 광합성이 용이해지기 때문이다.

새 봄의 꽃과 잎은 식물의 생에 있어 개운이다. 곧이어 그들은
'개운하게' 자연의 순환으로 사라진다 .

나머지 3%의 물 중 2%는 식물에 잔류되어 활용되고 1% 정도는 대사에 이용한다. 식물은 이렇게 저장만큼 버리기도 잘한다. 식물의 기관들은 좁은 나의 집처럼 한정된 공간을 가지므로 쌓아두면 안되기 때문이다. 그들은 무소유를 꿈꾸는 것일까? '무소유'하면 법정 스님이 떠오른다. 베스트셀러이자 스테디셀러인 《무소유》는 독자들에게 어디에도 없는 '무하유(無何有)'의 세상으로 여겨지기도 했다. 사람들은 저자인 법정 스님에게 "무소유를 실천하면 아무것도 가지지 않은 가난뱅이로 사는 것 아니냐?"고 묻기도 했다. 무소유를 제대로 이해하지 못한 질문이다. 이에 대한 저자의 답은 이랬다.

"'무소유'란 아무것도 갖지 않는다는 뜻이 아닙니다. 가난뱅이가 되라는 말이 아닙니다. '무소유'란 불필요한 것을 갖지 않는다는 것입니다." 머리카락을 자르고 물건들을 버리면서 내가 느낀 잠시의 '개운함'은 바로 불필요한 것들을 덜어낸 즐거움이 아니었을까? 식물은 '무소유'의 표본이다. 겨울의 나목은 무소유의 바코드이다. 하지만 나머지 계절도 식물은 무소유 정신으로 산다. 노화되어 떨어질 이파리 등을 활용하여 과잉이거나 불필요한 화합물들을 틈틈이 부지런히 내보낸다.

식물과 춤추는 인생정원

그렇게 자신과 자신의 터전을 정화한다. 고등동물이라 자랑하는 인간은 어떤가? 무엇이 되었든 몸에 쌓아두고 마음에 쌓아두고 뇌에 쌓아두고 공간에 쌓아둔다. 인간이 자신에게 저장한 것들은 모두 다 병이 된다. 몸의 병, 마음의 병, 뇌의 병이다. 공간에 저장한 것도 마찬가지이다. 인간은 자신의 터전인 지구조차 환자로 만들었다. 버리지 않으니 순환하지 못하고 순환하지 못하니 고이고 정체되어 문제가 생긴다.

어두운 코로나를 뚫고 봄날의 꽃들이 우리를 찾는다. 찬란한 봄꽃들은 식물적 무소유의 화신이다. 겨울의 정해진 이별[定離]이 꽃으로 돌아온 것이다. 우리는 그들을 꺾어들고 소유하려 안달이지만 그들은 '개운하게' 자연의 순환으로 사라진다. 그렇게 봄이 가고 여름과 가을, 겨울이 돌아든다. 식물의 삶은 개운(開運)의 연속이다.

버리고 텅 비우기

마지막 달력의 시기, 12월이다. 어쩐지 허전해도 거리의 나무들을 보면 '그렇구나' 하는 마음이 든다. 나무들에게는 이제 이별의 순간도 지나갔다. 발밑에서 수다 떨던 잎들도 모두 자기 길을 찾아 떠났다. 혼자 남은 나무는 본연의 시간을 헤아린다. 바람과 별과 눈, 가끔 놀러올 새들과 지내는 때가 되었다. 홀로 있어야 하는 계절, 외롭지만 휴식의 기간일 수 있다. 버리고 비우지 않으면 갖지 못할 나날이다.

이때를 위해서 식물은 분주하게 살아왔다. 하지만 이제

는 평온하게 쉴 수 있다. 가을 낙엽의 세포자살은 수분과 관련이 깊다. 물을 품고 있으면 얼어 죽을 위험이 있기 때문이다. 안전한 겨울을 위해 나무는 잎과 열매를 버리고 혼자가 된다. 하지만 나무들은 평소에도 버리고 비우기를 아주 잘한다. 뿌리가 왕성하게 끌어 모은 물들을 3% 정도만 남고 97%는 증발시킨다.

이게 무슨 비효율인가 싶지만 물을 밖으로 내보내는 과정은 알찬 결과를 준다. 이산화탄소의 흡수를 촉진해서 광합성을 용이하게 해주기 때문이다. 그래서 식물은 흡수한 물의 거의 대부분을 버린다. 덕분에 햇볕이 쨍한 여름날 숲은 시원하다. 나머지 3%는 가지고 있다가 대사에 사용하거나 필요에 따라 활용한다. 버리고 비우는 일이 자연스럽다. 식물은 자신의 기관들을 효율적으로 사용해야 하므로 무엇이든 그 안에 꽉꽉 눌러 채우지 않는다.

동화물질이 체내에 축적되면 더 이상의 양분을 생산하지 않는다. 포도의 경우 이파리 내부에 탄수화물이 (건물의) 17~25%가 되면 광합성 작용을 완전 정지한다. 이만하면 충분하다고 느껴 자신의 생산능력을 잠시 중지하는 셈이다. 무한히 원하고 채우는 인간과 다르다. 식물은 분해 또한 잘한다. 한정된 공간에 많은 것들이 적체되어 있으면 안 되기 때문이다. 그래서 분열조직이 성숙조직으로 분화되기도 하고 성숙조직이 분열조직으로 탈분화하기도 한다.

분화는 유전적으로 동일한 세포가 서로 다른 형태학적이고 생리학적인 기능을 갖게 되는 것이고, 탈분화는 성숙한 세포들이 분열조직 상태로 되돌아가 그들의 유전자 정보를 진행시켜서 다시금 분화를 준비하는 것이다. 이 과정을 통해 분열조직과 성숙조직이 순환할 수 있다. 이런 재주를 가진 식물에게 '노화'를 낙인찍는 것은 불합리한 처사이고 인간의 색안경의 투사이다. 이 모든 것들이 그들에게는 '저절로 그러한' 자연일 뿐이다.

겨울나무가 저절로 자연스레 잎을 모두 버린 것을 보면 노자가 말한 '마음 비우기(虛心)'가 생각난다. 노자는 우리 마음의 본연은 '비어있는 것'이라고 했다. 하지만 마음이 텅 비면 외롭고 쓸쓸하기에 우리는 가급적 마음을 비우지 않으려 애

식물과 춤추는 인생정원

쓴다. 오히려 마음을 많은 것으로 채운다. 열정, 걱정, 욕망, 꿈, 소원, 사랑, 우정 등 마음을 채울 것들은 세상에 널렸다. 그런데 마음을 채운 소재들이 좋고 나쁘고를 떠나서 내 마음을 갖가지 것들로 채우고 나면 문제가 생긴다.

식물의 겨울은 노화와 죽음의 시기가 아니다.
버리고 비우는 순환을 배우는 때이다.

작은 마음이 정체되어 순환이 일어나질 않는다. 마음을 가지고 '무엇'인가를 '누구'인가를 비추거나 넣거나 할 수가 없다. 이것을 간파한 사람이 노자이다. 노자가 말한 '성인(聖人)'이 억지로 꾸며서 하는 일이 없다는 것은, 성인이 자신의 마음에 욕망, 꿈, 사랑 등 무엇인가로 꽉 채워서 순환과 대사가 힘들어지지 않도록 조치했다는 것이다. 즉 성인이 마음을 비운 것이다. 성인은 식물이 뿌리로 물을 흡수하듯이 세상만사로 마음을 채울 능력을 가졌지만 대부분의 자원들을 버리고 비운다.

성인은 식물처럼 분열조직과 성숙조직이 순환하는 분화와 탈분화를 자유자재로 할 수도 있다. 비우고 버린 성인의 마음은 백성이 지닌 본연의 마음과 하나로 통할 수 있다. 나무와 식물들이 자연의 시기를 좇아 많은 것을 버림으로써 자연과 하나로 돌아가듯이, 성인도 욕망과 지식을 비워서 백성의 자연스러운 마음과 만난다. 우리의 삶의 모습은 식물과 닮았고 닮아야 한다. 겨울은 노화와 죽음의 시기가 아니다. 버리고 비우는 순환을 배우는 때이다.

당신의 나무

아프리카 케냐와 탄자니아를 관통하는 세렝게티 초원은 태곳적 야생이 남아있는 곳이다. 초식동물과 육식동물이 어울려 살아가는 이곳은 긴장과 전운이 가득하다. 순간의 방심은 생명의 끝을 부른다. 우리는 초식동물들이 한가로이 풀을 뜯는다고 생각할 수 있지만 그들 입장에서는 생명유지를 위한 중요한 활동이다. 게다가 그들은 결코 '한가롭지' 못하다. 떼 지은 무리가 식사하는 그 시간을 호시탐탐 노리는 육식동물들이 있기 때문이다. 바람의 방향을 감지하면서 냄새를 피우지 않으려 최대한 몸을 낮추고 소리를 죽이며 다가오는 살

육자가 있다.

연약한 초식동물들은 일초라도 긴장을 놓을 수 없다. 사냥자의 표적이 되는 순간 목숨을 부지하려는 사투가 시작되고 무리를 지어 사냥감을 노리는 암사자들이라도 만나는 날은 생의 마지막 순간이 될 수도 있다. 먹을 것을 찾아 이동할 때도 마찬가지이다. 아프리카 초원의 생명의 현장을 보다 보면 인간의 삶 또한 크게 다를 것이 없다는 생각이 든다. 육식동물의 삶은 또 어떤가? 최상위 포식자 군에 들어가는 사자도 살아가기 힘든 것은 마찬가지이다.

세렝게티 초원에 홍수가 나면서 새끼의 행방을 알 수 없는 암사자 한 마리가 새끼를 찾으러 정처 없이 떠돌다가 물소 떼와 마주쳤다. 멋진 뿔이 일품인 소들은 암사자를 위협했다. 암사자는 얼른 몸을 피했지만 소들로부터 안전할 수 없었다. 궁여지책으로 그녀가 선택한 것은 중간 크기의 나무였다. 어렵사리 나무 위에 올랐지만 사자가 나무를 타는 건 쉽지 않은 일이다. 게다가 그다지 크지 않은 나무라서 몸을 의탁하기 힘들고 발이 미끄러져 여차하면 아래로 떨어질 판이었다.

식물과 춤추는 인생정원

나무를 포위한 당당한 뿔의 소들은 암사자가 떨어질 시간만 기다리며 위협하며 맴돌고 있다. 아, 사자도 이렇게 볼품없는 모양새가 될 수 있구나! 게다가 이 사자는 새끼들을 찾으러 황망하게 길을 재촉하는 중이 아니었던가. 너무도 안타깝게 바라보고 있는 데 몸을 지탱하기 힘든 사자가 필사적으로 다른 가지로 발을 옮겼다. 작은 가지였다. 이제 가지와 함께 떨어져 소들에 의해 처참한 죽음을 당하게 생겼다.

그런데 이 아찔한 순간에 기적이 일어났다. 사자가 발을 디딘 가지가 뚝 꺾이며 땅으로 풀썩 떨어졌다. 가지가 떨어지자 나무 아래 집결했던 소들이 놀라 한순간에 달아났다. 잠깐 동안의 일이다. 다행히 사자는 원래 있던 가지로 몸을 옮겼고 아슬아슬했던 사자의 시간은 종료되었다. 화면을 보던 나도 휴우 하며 가슴을 쓸었다. 어느 새 손은 꽉 쥐어져 있었고 땀이 배어 있었다. 덩치 큰 소들이 왜 나뭇가지에 놀라 달아났을까? 궁금했지만 내레이터도 그 이유는 설명해주지 않았다.

혼자 마음속으로 내레이션을 해 보았다. "나무가 쓰러질

나무는 삶의 은신처이고 갑자기 닥친 행운이고
든든한 의지처이다.

식물과 춤추는 인생정원

때 피해를 입고 놀란 경험이 있는 소들은 황급히 자리를 피합니다." 이렇게 말이다. 설맞이 5부작 '세렝게티2'의 한 장면이다.

나는 항상 식물의 의인화를 꿈꾼다. 내가 준비한 진짜 설명은 이런 것이다. "나무가 자식을 찾아 떠도는 배고프고 지친 암사자를 도왔습니다. 나무는 사자를 도울 궁리를 하다가 이내 자신을 희생하기로 한 겁니다. 자신의 가지를 내어주고 사자를 살렸습니다. 하기야, 나무가 동물들을 돕고 희생하는 일이 어디 이번 한 번 뿐일까요?"

그렇다. 나무는 무수한 생명을 품고 산다. 세렝게티에 홍수가 닥칠 때 개코원숭이 무리도 나무 위에 올라가 위험을 피했다. 홍수로 초원이 군데군데 잠겨 이동이 어려워지자 대장부터 서열대로 나무를 도약대로 삼아 점프하여 뭍으로 나가는 장면도 있었다. 원숭이나 침팬지는 안전을 위해 꼭 나무 위에서 잔다. 나뭇가지를 잘 구부리고 위에 이파리를 덮어서 침대를 만들고는 거기서 잔다. 물이라면 딱 질색인 표범에게도 나무는 좋은 은신처이다. 나무 아래 먹잇감이 드글대도 물이 싫어서 내려가지 않는 표범 가족은 나무 가지에서 비에 젖은 발을 탈탈 털어낸다.

그렇게 나무는 삶의 은신처이고 갑자기 닥친 행운이고 든든한 의지처이다. 나무에 기대어 사는 동물종은 수천가지이다. 호기심 많은 동물학자들이 600년 된 고목에 독한 살충제를 뿌린 후에 죽어 떨어진 곤충들을 살펴보니 무려 257종의 2,041마리나 되었다는 보고가 있다. 심지어 나무는 죽어서도 생명을 키우고 살린다. 식물 및 동물종의 약 1/5이 죽은 나무에 의지해 살아가는 것으로 알려졌다. 알려진 종만 해도 6,000여 종이나 된다.

문득 '나의 나무'를 생각해 보았다. 나는 '누구' 또는 '무엇'에 기대고 피하고 마음을 둘까? 내가 코너에 몰릴 때 삶의 어려움에 닥칠 때 생사의 갈림길에 있을 때 실패했을 때 쉬고 싶을 때 행운을 바랄 때 누구 또는 무엇이 나를 지탱해줄까? 누군가의 나무는 가족이기도 친구이기도 연인이기도 스승이기도 할 것이다. 어쩌면 자신만의 신념과 꿈과 일이 나무가 되어주기도 한다.

당신의 나무는 누구 또는 무엇인가? 당신의 의지처인 그 나무를 당신은 어떻게 가꾸고 보호하는지? 야생의 초원에서 벌어지는 생명의 역전극을 보면서 문득 그런 생각에 잠겼다.

고객을 잡아라!

    집에만 박혀있는 코로나 습관으로 단골 음식점을 오랜만에 찾았다. 늘 손님으로 북적였는데 뜻밖에도 문이 닫혀 있었다. 가격도 싸고 솜씨도 좋은 집이라 발길을 돌리며 아쉬워했다. 이런저런 이유를 생각해 보았다. 아마도 장사가 잘 안되어 폐업한 것은 아닐 것이다. 다른 사정이 있어 잠시 문을 닫았으리라 위안하며 자리를 떴다. 2년 째 지속되는 코로나 상황에 거리두기 단계가 격상되면서 가장 타격을 받은 업종은 서비스업이다.

식물과 춤추는 인생정원

식당이나 카페는 물론이고 헬스장이나 노래방 같은 시설들도 제한적으로 문을 열거나 아예 문을 닫았다. 시간제한에 걸리는 음식점에서 쫓겨난(?) 사람들은 집이나 파티룸에서 나머지 회포를 푼다. 사람들이 만나고 오가지 못하니 경제 활동도 추락했다. 하지만 이제 백신의 보급과 함께 거리두기가 완화될 예정이라 하니 그나마 다행이다. 많은 가게들이 '고객'으로 붐빌 것이다. 꼭 대면 업종이 아니라고 해도 기업인들에게 고객은 소중하다.

기업들은 고객에게 원래 약속한 서비스를 제공하는 것은 물론이고 그것을 넘어서 더 많고 좋은 서비스를 함으로써 고객을 '만족'시키는 경영을 추구하고 있다. 한번 만족한 고객이 다시금 자신의 기업을 찾아 지속적인 구매를 하도록 하는 전략이다. 요즘에는 '고객만족'으로도 부족한 듯, 고객의 마음에 큰 반향을 주는 '고객감동'을 목표로 한다. 고객들의 마음이 열려야 그 기업에 관심을 갖게 되고 고객들에게 감동이 있어야 기업을 향하여 지갑을 연다.

고객을 향한 끊이지 않는 '열정'은 사람들의 세상에만 있는 것은 아니다. 식물들의 세상도 그렇다. 자신의 힘으로는 짝짓기를 할 수 없고 혼자서는 자손들을 독립시킬 수 없는 식물들은 고객을 감동시키는 기업가의 간절함으로 여러 가지 경영 전략을 개발했다. 생장과 생명유지를 하는 틈틈이 생산하는 각종 화합물들이 그들의 상품이다. 자신들의 고객인 각종 곤충들과 새들과 동물들을 만족시키고 감동시켜야 하기에, 식물들은 대형마트 진열대가 부족할 정도의 다양한 상품들을 만들어 두었다.

식물은 고객인 곤충들이 천적에 대항할 수 있는 무기도 제공하고 짝짓기를 성공적으로 수행할 수 있는 약도 만들었다. 쑥쑥 성장할 수 있도록 탈피에 쓰는 촉진제도 개발했다. 사람세상으로 치면 호신용 제품과 정력제와 키 크는 약 같은 것들이다. 세상살이 지치고 힘들다고 투덜대는 동물들을 위해 마약 수준의 환각제도 마련했다.(이런 환각제들은 사람들도 잘 활용하고 있다.) 식물기업을 살찌워줄 고객들의 니즈(needs)를 어찌 그리 잘 아는지, 수분을 도와줄 동물과 씨앗 퍼뜨리기를 도와줄 동물들에게 온갖 맞춤형 서비스를 제공한다.

식물과 춤추는 인생정원

한번 '식물기업'에 맛을 들인 인간과 동물고객들은 식물들의 다양한 서비스와 정성어린 환대에 '중독'된다. 고객만족에서 고객감동으로, 고객감동에서 고객중독으로, 점입가경의 상태가 된다. 식물들은 소중한 고객을 위해 '제 살 깎기' 경영도 불사한다. 어렵게 피워낸 어린 잎들을 고객 서비스용 샘플 제품으로 바치기도 한다. 애벌레와 동물들에게 약 20%의 새잎을 헌납하고 본격적인 성장에 돌입하는 식물들도 많다.

우리나라 산에 흔한 비목나무는 요즈음 뜨고 있는 '정기구독경제' 모델의 선구자이다. 정기구독은 이미 우리가 사용해 온 익숙한 것으로서, 매월 정해진 요금을 내고 주차하는 월정액 주차장이나 휴대전화의 정액제 무제한 통화요금 등이다. 회비를 내면 정기적으로 제철 먹거리를 배달해주는 서비스도 있다. 대부분의 나무들은 씨앗 퍼뜨리기를 위해 새들을 고객으로 모시는데, 비목나무는 빨갛게 예쁜 열매를 만드는 가을철에만 고객을 만족시키지 않는다. 비목나무의 경영전략은 훨씬 앞서 있다.

코로나 시대에 급성장한 '넷플릭스'처럼 새들의 '정기구독

(Subscription)'을 유인한다. 비목나무는 봄부터 시작해서 꾸준히 잎을 피워내어 곤충의 애벌레를 불러들이는데, 애벌레 때문에 새들은 나무 주위를 떠나지 못한다. 비목나무의 잎은 레몬향이 나서 사람들에게 찻잎으로도 인기이니 비목나무 고객

자신의 힘으로는 짝짓기를 할 수 없고 혼자서는
자손들을 독립시킬 수 없는 식물들은 고객을 감동시키는
기업가의 간절한 경영전략을 개발했다.

식물과 춤추는 인생정원

들은 꽤나 호사를 누리는 셈이다. 정기구독 비즈니스 모델이 성공하는 비결은 몇 가지가 있지만 그 중 중요한 것은 '개별 커스터마이즈(customize)'이다. 고객의 성격, 취향, 라이프 스타일 등을 고려하여 개인별 맞춤 서비스를 제공하는 것이다.

무제한 옷 대여 서비스로 자리 잡은 기업 '메차카리'는 고객이 옷을 모두 반납해 옷장이 빌 무렵, 데이터에 기초하여 고객 취향에 맞는 옷을 추천하는 마케팅 전략을 활용한다. '식물기업'들은 일찍부터 이러한 고객 맞춤 서비스를 제공해 오면서 영역을 확장하고 부를 늘려 왔다. 지금도 그들은 쉬지 않고 부지런히 고객 감동을 추구하고 있다. '고객 감동'의 경영 또한 식물에 답이 있다.

스트레스 다루기

　코로나 바이러스의 시간이 길어지고 있다. 세계 각국이 백신을 접종하고 있지만 예상대로 변이 바이러스가 나타났다. 코로나의 시작과 전개는 지구촌 사람들의 삶을 확 바꾸어 버렸다. 대면에서 비대면으로, 오프라인 생활에서 온라인 생활로 사람들은 이동했다. 지난날에는 활동적이고 사교적인 사람들이 여러모로 유리했지만 코로나로 인해 오히려 내성적이고 참을성 있는 사람들의 생존이 안정적이 되었다.

　코로나가 바꾸어 놓은 삶의 패턴이 코로나 이후에도 지

속될 거라는 생각에서 '포스트 코로나(Post-Corona)'란 용어가 생겼는데, 어찌 보면 이 용어 속에는 바이러스가 곧 잡힐 거라는 기대가 담겨 있었다. 하지만 코로나 2년차 우리의 삶은 바이러스와의 밀고 당기기가 계속되면서 삶의 패턴이 크게 바뀌지 못하는 '위드 코로나(With-Corona)'로 지속되고 있다.

직접적으로 바이러스의 영향을 받아 타격과 손실을 본 사람들도 있지만 대부분의 사람들은 코로나 상황이 주는 압박감과 긴장감으로 지쳐가고 있다. 코로나에 감염되어 피해를 입은 사람도 많지만 코로나 스트레스로 인한 질병의 악화와 경제적 피해 또한 엄청나다. 그래도 산과 들, 도시에는 푸르른 잎들을 팔랑거리는 싱싱한 식물들이 존재한다. 그들은 우리에게 희망을 가지라고, 그래도 열심히 살라고 노래하는 듯하다.

식물들도 우리처럼 스트레스를 받을까? 당연히 받을 것이다. 나도 며칠 전 건강하게 거실에서 자라고 있는 파키라의 야들한 잎을 실수로 잘랐다. 소리도 내지 않고 피도 흘리지 않았지만 내 마음은 무척 아팠다. 부주의하게 움직이다가 이 파리 끝을 베어낸 것이다. 오히려 식물은 그 정도는 별 일 아니라고 나를 위로하는 듯 했다. 예상하지 못하는 아픔과 환경에 식물들은 어떻게 대응할까?

　생명체라면 스트레스를 받는다. 사람들에게 질병을 유발하는 근본 원인이 스트레스라면 식물에게도 그렇다. 식물에게 스트레스(stress)란 불리한 영향을 주는 외부환경이다. 식물이 겪는 주요한 스트레스는 수분스트레스, 온도스트레스, 화학물질에 대한 스트레스, 생물체에 의한 스트레스 등이다. 식물이 스트레스 환경을 견디는 방법은 두 가지이다. 한 가지는 스트레스에서 도망가는 것이고 다른 하나는 스트레스에 저항하는 것이다.

　스트레스에서 도망하는 방법은 환경이 좋을 때 생활사를 끝내고 불리한 환경에서는 휴면을 하며 좋은 환경을 기다리는 것이다. 이를 '스트레스 도망자(stress escaper)'라고 하는데, 이런 방식을 택하는 식물들은 우기와 건기가 뚜렷한 지역에서 볼 수 있다. 종자가 건기 중에는 휴면하고 있다가 우기가 되면 발아하여 수분이 적당한 시기를 이용하여 성장하고 꽃 피우고 종자를 만드는 방식이다. 그러다가 다시 건기를 만나면 휴면에 들어가는 식으로 스트레스로부터 도망한다. 주로 열대우림의 식물들에서 보이는 방식이다.

하지만 이러한 도망방식을 쓰지 못할 때는? 물론 현명한 식물들이 스트레스에 그대로 당하고 있지만은 않는다. 이럴 때 활용하는 능력이 '저항성(resistance)'이다. 식물은 환경

도망가거나 버티면서 스트레스를 이기자.

이 악조건일 때 저항하여 그 스트레스를 회피(avoidance)하거나 내성(tolerance)을 갖는다. 스트레스 요건이 있더라도 이를 피해가는 것이 회피이다. 땅이 늘 축축하면 식물이 자라기에 좋은 환경이 아니다. 이것은 식물에게 스트레스가 된다. 이때 식물들은 뿌리를 깊이 내려서 적당한 물을 찾는다. 이것이 회피이다.

또 한 가지 방식인 내성은 스트레스에 순응하여 참고 견디는 것이다. 식물은 외부환경의 변화와 평형을 이루는 방법을 안다. 수분이 부족하여 실제로 수분을 잃게 되어도 세포의 원형질은 손상되지 않고 견딘다. 이렇게 수분 부족 환경을 극복해 내고 다시금 편안한 환경에서 정상적으로 살아나갈 능력을 갖춘다. 이것이 내성이다. 물론 스트레스가 아주 심하면 생육에 지장을 초래하겠지만, 정도가 극심하지 않은 경우는 스트레스를 견딜 내성이 생겨난다. 오히려 스트레스를 전혀 받지 않은 식물보다 건강하게 자란다.

이러한 식물의 방식들을 우리 인간에게 적용해 보자. 우리의 일상적인 삶속에서 또는 코로나시대를 맞아 힘든 환경일 때는 어떻게 지내는 것이 현명할까? 이 시기에 평소에 하고 싶었던 취미활동이나 자기계발을 하는 방법이 있다. 식물처럼 스트레스 도망자가 되는 것이다. 열대우림의 식물처럼 우기와 건기를 활용하는 것인데 이 경우는 경제적 자산이 뒷받침되어야 가능할 것이다.

다음 방식은 식물처럼 저항성을 발휘하는 것인데, 코로나 환경과 관련해서는 여러 가지 사회경제적인 활동의 장을 바꾸는 것이다. 이미 우리는 그렇게 살고 있는데, 오프라인에서 온라인, 대면에서 비대면 방식이다. 지난 학기에는 논문지도가 급한 나의 조교학생을 학교가 제공한 웹엑스 프로그램을 통해 집중적으로 도와줄 수 있었다. 파일을 컴퓨터 화면에 공유하여 보면서 지도하니 효과적이었다. 이것은 '회피' 방식이다.

가장 일반적인 것이 '버티기'이다. 우리 대부분은 이 버티기로 요즈음을 살아낸다. 나 또한 학생들에게 이 '버티기'를 추천해 왔다. 답답해도 참기, 꼭 필요한 일이 아니면 나가지 않기, 집에서 할 수 있는 놀이나 오락거리 찾기 등이다. 지난 학기 나의 학생 중에도 확진자가 발생했는데 하필이면 가장 활발하고 사교적인 친구여서 마음이 아팠다.

사랑과 관심과 우정을 마음껏 나누기 힘든 이 외부적 조건, 스트레스에서 버티는 방법은 두 가지이다. 하나는 자신의 내부로 침잠해 가는 것, 식물로 보면 수분을 찾아 땅 속 깊이 뿌리를 내리는 것이다. 우리가 다른 사람과 교유하는 것은 나 자신을 알기 위해서이다. 나의 일부가 그 사람에게 투영되고 그를 통해 흐뭇해하기도 놀라기도 한다. 이제는 나를 있는 그대로 보는 시간이다. 그 방식은 여러 가지가 있을 것이다.

다른 하나는 작아지고 힘들어하는 나를 북돋아 살아갈 힘을 주는 것, 식물로 치면 원형질을 보존하는 것이다. 종교나 철학, 위대한 스승들의 가르침은 나의 마음을 지탱해 줄 힘이 될 것이다. 그렇게 '버팅기기'를 지속하다 보면 어느 사이 스트레스는 잊고 건강하고 든든한 나의 모습이 만들어져 갈 것이다.

따라 해보고 싶은 납량특집

얼마 전 광릉국립수목원에 근무하는 지인으로부터 첩보가 날아들었다. 빅토리아수련이 곧 대관식을 앞두고 있다는 소식이었다. 평소 이 여왕님을 가까이에서 알현하고 싶은 마음이 있었는데 이게 웬 떡인가 싶었다. 게다가 이 수련의 개화가 올해 들어 최초라서 몇몇 방송국에서 카메라를 설치했다고 하니 바짝 긴장이 되었다. 이틀에서 사흘만 개화하는 꽃! 흰 봉우리를 유유히 피워 올려 순백의 청량함을 선사하고는 다음날 변신하는 꽃! 빅토리아수련은 처음에 피운 흰빛의 청아한 숙녀의 모습을 벗고 핑크를 거쳐 요염한 진보랏빛 꽃으

로 변한다.

그런데 꽃 색깔만 변하는 게 아니다. 흰 꽃일 때는 암술이 도드라진 암꽃이었는데, 붉은 빛을 띠면서 이 꽃은 수꽃으로 변한다. 하루 만에 성전환을 해버린다. 첫날 피어나는 하얀 꽃은 진한 향기와 함께 열기를 발산하여 딱정벌레를 유인한다. 꽃 속에 중매쟁이를 가두어 하룻밤을 지내는데 본인 스스로가 여성이었다가 남성이 되어 버리니, 단 이틀이나 사흘이면 세상에 나온 목적을 확실하게 달성한다. 하여 오랫동안 피어있을 이유가 하나도 없다. 순백에서 붉은색으로, 남성에서 여성으로 변화와 변신을 거듭하고 나면 꽃의 임무는 완벽하게 끝난다. 숨죽이며 지켜보는 인간들의 시선을 뒤로하고 꽃은 조용히 물속으로 사라진다.

전설로만 듣던 이 꽃의 아름다운 모습을 마중하러 열 일 제치고 수목원에 예약을 해두었다. 하지만 여왕께서는 수줍음을 타시는지 아님 아무한테나 모습을 보여주기 싫은 건지 예상을 깨고 전날 밤에 피어나 나의 방문을 차단해 버렸다. 그렇지, 아무나 그런 호사를 누리는 게 아니다. 2호 여왕님도 기대했으나 역시나 나의 시간을 비껴가고, 결국엔 책임감 가득한 지인의 친절한 현장중계 사진으로 감동했다. 빅토리아수련이 누구던가? 여름이 되면 전국 각지에서 여왕의 대관식을

붉고 엷은 보랏빛 꽃으로 대관식을 마치면 왕좌에서 내려와
미련없이 물속으로 사라지는 빅토리아 수련

보려는 사람들이 몰려와 밤을 세워 새벽까지 북적이고, 심지어는 사진촬영을 위한 명당싸움까지 벌어진다는 그 꽃이 아닌가!

빅토리아 수련의 아쉬움을 달랠 겸 서울식물원을 찾았다. 마곡에 위치한 서울식물원 주제원은 2019년 5월에 개장했다. 많은 시민들을 반기려는 커다란 시설들이 코로나 상황으로 인해 비어있는 모습은 보기에 짠했다. 그래도 오랜만에 식물원을 둘러보니 행복한 기분이 들었다. 서울식물원 온실은 지중해와 열대기후 환경을 바탕으로 독특한 식물문화를 발전시킨 세계 12개 도시 정원이 담겨있다. 이 정원 중 나의 마음을 확 잡아 끈 것은 식충식물 전시관이었다. 육식·초식을 골라서 하는 그 유명한 네펜데스가 줄기 끝에서 화려한 통을 열어놓고 있었고 끈끈이귀개속, 벌레잡이풀속, 파리지옥속 등 각종 사냥꾼식물들이 나를 반기고 있었다. 이들이 과연 식물일지 동물일지 아리송하다. 사실 동물과 식물로 분류한 것도 사람들의 기준이니, 식물보고 움직이지 못하고 이동 못하는 종류라고 말하면 식물이 화를 낼 수도 있겠다.

식물과 춤추는 인생정원

더구나 식충식물은 동물만큼, 아니 육식동물보다 더 기민하고 용맹한 면이 있으니 이들을 상대할 때는 사람이라도 조심해야 하지 않을까? 식충식물은 토양이 산성이거나 너무 습한 경우에는 질소와 인 성분의 부족을 감지한다. 이들은 질소와 인의 결핍을 보충하기 위해 세 단계 방법을 활용한다. 먼저 곤충을 유인할 덫을 둔다. 그리고 먹잇감이 걸려들면 소화효소를 분비한다. 다음으로 영양소와 소화된 액체를 다시 흡수한다. 이러한 세 단계를 거쳐서 부족한 원소를 보충한다.

그런데 이 세 가지 단계를 자기 힘으로 다 감당하지 못하는 식물들도 있다. 그들은 다른 생명체의 도움을 받는다. 식물은 본디 남의 조력을 아주 잘 활용하는 존재들이니까. 끈끈이양지꽃은 곤충을 능숙하게 사냥한다. 잎과 줄기의 조직에서 끈끈한 물질을 내어 곤충을 잡는다. 하지만 이 식물은 소화효소는 가지지 못했다. 그래서 근처에 있는 특정한 미생물을 활용하여 먹이를 소화한다.

식충식물 중에는 범죄의 흔적을 남기지 않는 종류도 있다. 브라질의 열대초원에 사는 필콕시아속 식물은 곤충사냥의 대가지만 소화되고 남은 곤충의 찌꺼기는 전혀 남기지 않는다. 어떻게 이런 일이 가능할까? 그건 필살의 무기인, 곤충을 유인하는 잎이 땅 속에 숨어있기 때문이다. 그러니까 이 식물이 사냥꾼이라는 건 오직 전문가만 알아볼 수 있겠다.

우리가 즐겨먹는 냉이도 알고 보면 무자비한 사냥꾼이다. 냉이는 싹을 키우기 위해 싹이 나오기 직전에 씨앗 껍질로 물을 잔뜩 빨아들인다. 이때 만들어지는 화학물질은 땅 속에 사는 선충류와 특정 단세포생물들을 유인한다. 이들이 꾸역꾸역 몰려들면 냉이는 독소를 분비하여 가차 없이 살해하고 사체를 분해해 줄 소화효소를 낸다. 이 희생제물들로부터 아미노산과 질소를 흡수하여 씨앗은 어린 싹을 키운다.

식충식물의 사냥 장면 중 압권인 것은 변신의 귀재인 방패잎 트리피오필룸일 것이다. 이들은 서아프리카 열대 우림의 떨기나무 아래에서 사는데 우기가 시작되기 직전에 느닷없이 붉은 색 포충엽을 만든다. 이 포충엽은 줄기를 빙 둘러서 돋은 붉은 혹인데 이 혹들이 바로 곤충을 잡는 끈끈이 역할을 한다. 평소 대기상태일 때는 끈끈한 물질만 분비하고 있다가 포충엽에 곤충이 오면 소화효소 분비샘을 낸다. 이 식물은 몸속에 영양분이 충분히 쌓일 때까지 몇 주 동안이나 이런 방식으로 곤충을 사냥한다.

그리고 곤충에서 흡수한 양분으로 잎사귀 끝에 갈고리를 만들어 주변의 가장 키 큰 식물을 타고서 위로 뻗어 올라간다. 어느 정도 목적을 달성하여 영양분이 축적되면 사냥은 끝내고 뿌리로만 양분을 흡수하는 얌전한 식물로 돌아간다. 이들은 우기가 올 때쯤엔 사냥을 즐기고 사냥이 끝나면 양분을 모아 평범한 식물로 돌아가기를 반복한다. 그러니까 '지킬박사와 하이드씨' 처럼 선과 악(?)을 오가는 식물이다. 이들은 필요에 따라 자신의 삶의 방식을 자유자재로 바꾼다.

이렇게 전설적인 식충식물들을 만나면 삼복더위에 납량특집이 따로 없다. 이들은 날래고 치밀한 사냥의 물귀신들이 아닌가! 서울식물원 주제원 온실은 정말 뜨거웠다. 온실의 구조상 문도 꼭꼭 닫혀있으니 덥고 습한 사우나실이었다. 그래도 그립던 식물들을 만나니 이산가족 상봉한 것 마냥 즐거웠다. 빅토리아 여왕을 만나지 못한 아쉬움도 많이 가셨다.

여자의 변신은 무죄라지만 식물의 변신이야말로 무죄 아닐까? 어떤 상황에서도 생명의 목적과 임무를 수행하려는 그들의 치열한 전략은 여성과 남성의 경계선을 왔다 갔다 하기도 하고 식물과 동물의 분단선을 자유롭게 넘나들기도 한다. 다른 생명체들은 넘볼 수 없는 재주이다. 그리고 자신들의 욕구가 충족되면 미련 없이 세상과 결별하거나 삶의 방식을 바꿔 버린다. 이 치열함과 단호함이 식물의 매력이 아닐까? 나도 할 수 있다면 한 번은 따라 해보고 싶다.

식물과 춤추는 인생정원

불사조의 비밀

　해리포터 시리즈 속에는 '불사조 기사단' 이야기가 있다. 사춘기를 지나는 해리포터의 성격이 가장 예민하게 묘사되는 부분이며 악의 세력에 맞서 싸우는 마법사 기사단의 의로움이 돋보이는 편이다. 서양 전설에는 아라비아 사막에 살고 있다는 피닉스(phoenix), 죽지 않는 새에 관한 이야기가 오랫동안 전해온다. 불사조는 500년을 주기로 자신의 몸을 불태워 죽고는 다시금 그 재 속에서 부활한다.

　한 번 수명인 500년이 끝나갈 때가 되면 피닉스는 스스로 그것을 알고는 나무 꼭대기로 올라가 자신을 태워버린다고 한다. 이집트신화에도 이 새의 기원을 볼 수 있다. 이집트 신화 속 벤누(Bennu)가 그것이다. 벤누는 푸른 왜가리 모양이고, 매의 머리를 한 태양신 라의 영혼으로 알려졌다. 벤누의 의미는 '밝게 빛남'이며 창조주 라의 영혼으로서 시간을 유지하는 역할을 한다. 불사조는 새 중의 왕인데도 풀잎의 이슬을 먹고 살면서 생명을 해치지 않는다.

식물 중에도 불사조 같은 식물이 있다. 미국 세쿼이아 국립공원에는 자이언트 세쿼이아가 숲을 이루고 있는데, 이 나무들은 나이가 3,000살에서 4,000살로 추정된다. 나이가 많은 만큼 키 또한 커서 100미터를 훌쩍 넘는 것도 있다. 이 중 가장 큰 나무는 '셔먼장군'이라고 이름붙인 나무로 높이가 약 84m, 지름은 11m나 된다. 놀라운 것은 이 나무가 지금도 계속 자라고 있다는 사실이다. 자이언트 세쿼이아는 식물계의 불사조인 셈이다. 이 나무가 어떻게 이렇게 장수할 수 있을까?

그 비결은 놀랍게도 바로 산불이다. 미국 서부 지역은 산

식물과 춤추는 인생정원

불이 자주 발생한다. 그런데 이 나무들은 두꺼운 수피를 가지고 있다. 게다가 이 수피는 물을 머금고 있어서 축축하고 푹신하여 불에 잘 안타는 단열효과가 있다. 다른 나무들은 다 불에 타서 재가 되어도 자이언트 세쿼이아는 끄떡없는 이유이다. 아주 큰 불이 날 경우는 불이 줄기의 한 부분에서 안쪽까지 타들어가서는 줄기의 반대쪽을 뚫고 나오기도 한다. 그렇게 되면 줄기가 텅 비어 동굴처럼 된다.

우리 인류도 불사조 피닉스처럼 일정한 주기로 순환과 재생을
반복하면서 발전해 왔다.

그 동굴의 크기는 제법 커서 사람이나 차량도 드나들 수 있는 규모도 있다. 그래도 이 거대한 나무줄기는 타지 않고 남아 있다. 게다가 산불이 나야 솔방울이 열려 씨앗이 싹트고, 재가 있어야 나무가 그것을 거름삼아 잘 자란다. 그러다 보니 자이언트 세쿼이아 숲에서는 이 나무의 건강과 장수를 위해 소방관들이 주기적으로 일부러 불을 내기도 한다. 산과 숲에 나는 불은 새로운 세대로의 순환과 교체를 촉진한다.

큰 불이 휩쓸고 가면 땅 속에 있던 씨앗들 중 일부는 밖으로 발아하도록 자극받는다. 아마도 어떤 씨앗들은 불이 나기를 애타게 기다리고 있지 않을까? 뿐만이 아니다. 불은 각종 독소를 파괴해주어 숲은 자정(自淨)이 된다. 또 불이 남긴 재는 일시적으로 땅을 비옥하게 해준다. 발아한 식물들이 많은 영양을 취할 수 있는 조건이 된다. 산불이 나고 나면 큰 나무들이 스러져 햇빛이 땅을 많이 비추므로 씨앗의 입장에서는 싹을 틔우기 좋은 최고의 환경이다.

그러니 숲과 산에 난 불은 식물들이 새로운 생태계의 사이클을 도는 것, 말하자면 불로 자신을 활활 태워 버리고는

식물과 춤추는 인생정원

잿더미 속에서 다시 새로운 생명을 시작하는 불사조의 지혜를 올리게 한다. 인생은 어떨까? 자이언트 세쿼이아 나무처럼 평소에 물을 머금고 있다면 가혹한 산불에도 큰 피해를 입지 않을 것이다. 나무 수피가 지닌 물은 긍정적이고 여유로운 마음가짐이 아닐까? 어떤 어려움이 와도 마음의 수피가 완충을 해준다면 줄기가 텅 비어 허허롭게 될지언정 생명과 생활에 큰 타격을 주지는 못할 것이다.

한편 인생에서 벌어지는 엄청난 사건들은 나와 자녀와 자손들에게 도전이 되고 용기를 불러 올 수도 있다. 자손인 솔방울들이 그것을 기화로 크게 성장할 수 있기 때문이다. 인류사적으로 보면 큰 불(큰 사건)은 특정한 문명의 끝을 부르고 새로운 문명을 가져오는 촉진제가 된다. 우리 인류도 불사조 피닉스처럼 일정한 주기로 순환과 재생을 반복하면서 발전해 왔다. 개인이나 국가나 죽고 다시 태어난다. 이것이 산불이 나도 당황하거나 낙심할 필요가 없이 자이언트 세쿼이아로 살아갈 이유이다.

위기인가, 일상인가?

　　매일 수십만 명의 확진자 수를 갱신하는 코로나 대유행의
시절이 되었다. 2년 전 코로나 바이러스가 우리에게 왔을 때
그들은 맹독으로 무장하고 숙주인 인간들을 보란 듯이 가차
없이 살해해 버렸다. 보이지 않고 들리지 않는 그들의 공격에
전 세계가 벌벌 떨고 만물의 영장이라 자랑하던 인간들은 쥐
구멍으로 숨어버렸다. 인간과 바이러스의 진화적 군비경쟁은
그렇게 시작되었다. 그렇게 햇수로 3년이 되었다. 코로나바이
러스가 달라졌다.

숙주를 없애고 나니 자신들도 깃들 곳이 없어졌다는 걸 깨달은 것이다. 그래서 인간들의 경계심을 늦추고 그들을 가급적 살려두면서 자신들의 영토를 확장하는 방식으로 전환해 버렸다. 요즈음 오미크론 변이는 인간을 괴롭히되 버틸 정도로는 두고 많은 숙주를 확보하여 활동하면서 자신들을 퍼뜨리도록 하는 전술을 쓴다. 어떤 숙주는 자신이 바이러스에 감염된 줄도 모르고 여기저기 다니면서 바이러스의 전략의 최전선에 서있다.

그렇게 되니 바이러스가 살아남고 퍼지는 게 용이해졌다. 요즘 떠도는 말 중에는 "어떤 사람 주위에 코로나 걸린 사람 없으면 그는 친구가 없는 것이다."라는 말도 있다. 코로나와의 전쟁의 최전선은 동네 병의원이 되었다. 친근한 동네 의사 선생님들은 이렇게 환자들에게 조언한다. "이제 어쩔 수 없어요. 각자도생하는 겁니다." 어쨌든 우리는 살아남아야 한다. 노약자나 기저질환이 있는 사람들은 오미크론 변이를 우습게 볼 수 없는 것이다.

식물에게도 수많은 생명의 위기가 닥친다. 온도가 안맞을 때, 너무 춥거나 더울 때, 과습하거나 습기가 부족할 때, 각종 바이러스와 해충의 공격을 받을 때 그들도 생존하기 힘들어진다. 그래서 식물을 돌보는 사람은 적당한 온도를 맞추어 주어야 하고 충분한 습기를 유지해 주어야 하고 뿌리가 썩지 않도록 배수에 신경을 써야 한다. 우리가 직면한 코로나 바이러스 환경에서는 어떤 생존의 지혜가 필요할까?

식물 돌보기처럼 우리도 자신의 건강을 돌보면 위기상황에서 피해를 최소화하고 살아낼 수 있을 것이다. 일상적인 식물관리의 필수적인 3요소는 물과 햇빛과 통풍이다. 온실이 아닌 아파트 베란다에서 식물을 기를 때 가장 곤란한 것이 통풍, 공기의 이동이다. 특히 추운 겨울에는 자주 환기를 안 하게 되므로 아파트에서는 꽃이나 열매가 많고 실한 식물종은 적합하지 않다. 식물들은 공기 중의 이산화탄소를 활용하여 생명활동을 하는 데 베란다 안의 공기는 식물의 필요를 충족시켜주기 힘들기 때문이다.

우리 사람들도 그래서 밖으로 나가 사회생활을 하고 사람들과 어울린다. 바깥세상이 생명활동의 자원인 이산화탄소

식물과 춤추는 인생정원

공급원인 셈이다. 외부세상의 활력과 인맥, 정보는 생명체로서의 인간이 활동하고 자라나는 데 필수적이다. 그래서 우리는 어떤 식으로든 자신을 통풍시킨다. 물리적으로 아주 먼 곳으로 이동하기도 하고 정신적으로 독서를 하거나 이질적인 사람들과 교류를 즐긴다. 공기의 이동과 순환을 원활하게 하여 자신을 살찌운다.

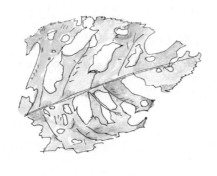

식물 돌보기처럼 우리도 자신의 건강을 돌보면 위기상황에서
피해를 최소화하고 살아낼 수 있을 것이다.

그런데 이런 원칙은 일상에서의 '베스트'이다. 위기상황에서는 원칙을 바꾸어야 한다. 전문가들은 병든 식물의 경우는 통풍을 제한해야 한다고 알려준다. 그 이유는 식물의 줄기와 가지의 껍질 부분의 수분이 많아야 하기 때문이다. 사람이 건강하려면 수분 섭취를 많이 해야 하듯이 식물 또한 무탈하게 생존하고 성장하려면 껍질을 축축하게 유지해야 한다. 줄기의 껍질이 말라버리면 영양소와 호르몬의 이동이 어려워지기 때문이다.

식물이 아플 때는 줄기의 수분 유지를 위해 그늘진 곳에 비닐을 씌워 두기도 한다. 건강할 때는 통풍을 원활하게 해주지만 응급상황, 비상시에는 통풍을 제한해 버리는 것이다. 사실 그동안 지구촌 여러 나라들이 코로나 응급상황에 대비하면서 이런 전략을 많이 사용했다. 우리나라에서는 '사회적 거리두기'라는 용어로 이 통풍제한을 실시해왔다. 지금도 인원과 시간제한을 수시로 변경하면서 고심에 고심을 거듭하고 있다.

그래서 우리도 하는 수 없이 이동과 모임을 자제한다. 회

의나 수업 또한 컴퓨터 화면을 통해 온라인으로 진행하기도
한다. 코로나와 싸우면서 우리 또한 자발적으로 공기이동, 통
풍을 제한하고 있다. 식물의 응급상황 대처나 사람의 위기상
황 대응이나 비슷한 면이 있다. 조금만 참고 견디면서 살아남
자. 이 난감한 바이러스와의 전쟁도 곧 끝날 것이다.

욕망의 황금률

　세상은 욕망으로 하여 움직인다. 욕망은 살아있음의 증거이다. 죽어있는 개체 외에는 어떤 생명체도 욕망이 행동의 원동력이 된다. 도시의 콘크리트 건물 안도 사막의 뜨거운 열기 속도, 북극의 빙하에도 아프리카의 초원도, 하늘 위도 땅 위도 땅 속도 모두 욕망의 결전장이다. 자연은 나의 욕망과 너의 욕망이 엉키어 만드는 크고 작은 생명의 이야기들을 즐기는 듯하다. 그 스토리들을 감상하려고 우주와 지구와 땅과 태양이 있는 건 아닐까? 그 안에서 식물처럼 생물들의 갖은 욕망을 다 품고 지내는 존재가 있을까?

동물들은 안전의 욕구를 채우기 위해 높은 나뭇가지에서 휴식하고 잠잔다. 나무는 새들의 집터이고 원숭이들의 잠자리이다. 덩치 큰 초식동물들은 나무에 깃들 수 없지만 나무가 제공하는 것들을 먹거리로 삼는다. 갖가지 동물들이 엉켜 지내는 야생을 한 마디로 정의하라면 그건 '욕망'이다. 작고 연약한 동물들이 최고로 위험에 노출될 때는 그들의 욕망을 채울 때이다. 동물의 배설물을 먹기에 여념이 없는 딱정벌레는 도마뱀이 욕망을 채우려고 자신에게 다가오는 걸 알아챌 수 없다.

짝짓기를 위해 힘겨루기를 하는 수컷 영양 두 마리는 치타가 숨죽여 자신들을 노리고 있음을 전혀 알 수 없다. 덩치 큰 코끼리가 갈증을 해소하러 강에 내려올 때 악어는 자신의 욕망을 숨기고 지켜본다. 욕망을 충족하기에 정신이 빠진 동물들은 거의 예외 없이 타자의 욕망의 대상이 된다. 이것이 자연이다. 인간도 크게 다를 것이 없다. 특히나 인간의 욕망은 한계가 없는 탓에 지속적으로 반복적으로 자신을 욕망의 제물로 바칠 때가 많다.

그렇게 생명의 법칙은 얄궂다. 슬프지만 무욕(無欲)의 상태를 유지하기란 살아있는 생명체에게는 거의 불가능하다. 그래서 동서양의 현자들이나 종교의 창시자들은 이 욕망의 문제를 예민하고 지혜롭게 다루었다. 이 지점에서 자연에서 벌어지는 약육강식을 지켜보고 사는 식물의 욕망으로 눈을 돌려 보자. 식물은 아주 깜찍하게 자신의 욕망을 해결한다. 식물은 선결제 방식을 택한다. 요즘 유행하는 '정기구독' 방식도 많다.

식물은 자신보다 타자의 욕망에 먼저 관심을 기울인다. 다른 동물들이 원하는 것을 자진해서 풍성하게 생산해서 제공한다. 어쩌면 식물은 타인의 욕망에 더 민감한 것처럼 보인다. 동물들은 이 식물의 생산물에 취해서 정신을 못 차린다. 꽃이 피면 꽃의 화밀을 즐기는 놈이 있고 풍성하고 향기 좋은 꽃 자체를 게걸스럽게 먹어치우는 놈도 있다. 초식동물 중에도 이파리만 얌전하게 먹는 놈이 있고 아예 가지를 꺾어서 해치우는 놈도 있다.

나무들은 무화과 열매를 비롯한 산물을 장만하여 오가

는 길손 차별하지 않고 제공한다. 새들이건 동물이건 가리지 않고 동물들은 식물의 열매를 즐긴다. 아, 그렇지! 강물 속의 물고기들도 강가에 맺힌 열매를 호시탐탐 노린다. 열매를 즐기려고 점프 실력을 자랑한다. 단지 먹거리뿐일까? 덤불은 아프리카 늑대에게 쫓겨 생사가 갈리는 호로새의 은신처가 되어 주기도 하고, 높고 큰 나무의 뒤엉킨 가지는 새끼 원숭이들의 놀이터가 된다. 식물이 얼마나 많은 동물의 셀 수 없는 욕망을 충족해 주는지는 길게 말하면 잔소리이다.

작고 연약한 동물들이 최고로 위험에 노출될 때는
그들의 욕망을 채울 때이다.

그들은 자선사업가처럼, 아무리 퍼 올려도 마르지 않는 샘처럼, 별별 동물들의 수요와 욕망을 모두 충족시킨다. 심지어 두 발 달린 인간조차도 자신의 삶과 역사를 두루두루 길게 식물에 의존해 왔다. 식물 또한 다른 동물들처럼 생로병사를 겪고 죽으면 다시 새로운 모습으로 자연의 품에 안긴다. 그런데 재미있는 사실은 식물은 자신의 욕망과 다른 생명체의 욕망을 하나로 엮는 재주를 가졌다는 점이다. 태곳적부터 욕망이 충돌하는 많은 사건들을 지켜보다가 그런 지혜를 터득했을까?

욕망과 욕망이 충돌하는 전쟁터 속에서 식물은 평화로운 윈윈(win-win) 전략을 채택했다. 도덕의 황금률을 그대로 실천한 것이다. 예수도 "남에게 대접을 받고자 하는 대로 너희도 남에게 대접하라"고 하지 않았던가! 식물의 식탁에서 배를 불리고 식물의 약국에서 병을 치료하고 식물이란 거처에서 안식과 휴식을 누린 동물들은 의도라곤 없지만 식물을 위해 무한 봉사함으로써 식물의 욕망을 채워 준다. 인간 또한 식물의 욕망에 적극 봉사한다. 식물의 종자를 더 좋게 만들고 식물을 심고 가꾸고 애지중지한다. 사실 인간이란 동물은 자신

식물과 춤추는 인생정원

아닌 다른 종들의 욕망에는 관심이 별로 없다.

오히려 동물들의 경우는 여러 가지 방식으로 활용하고 이용하고 조종함으로써 결과적으로 그들을 학대한다. 그런데 식물에게는 다르다. 인간은 아주 다양한 이유로 식물의 일이라면 팔 걷어 부치고 봉사한다. 식물의 욕망이 자신의 욕망을 채워주기 때문이다. 타인의 욕망에 부응하여 나의 욕망을 채우는 것, 그렇게 하여 너와 내가 공존하는 것, 이것이 식물이 욕망을 다루는 방식이다. 좀 있으면 봄꽃들이 피어날 것이다. 수줍게 아름다운 봄꽃들에게 그의 욕망을 물어보자. 그리고 우리도 그들에게 한 수 배우자!

건강, 식물에게 묻다

작년에 몰아닥친 코로나 사태가 올해 들어 조금 잠잠해지면서 위드코로나 시대로 접어드는가 싶더니 난데없이 새로운 변이바이러스가 나타나고 우리들의 삶은 또 다시 혼란 속에 빠져들고 있다. 코로나 바이러스도 생명체이니 생존을 도모하느라 갖은 전략을 다 쓰고 있다고 치더라도 만물의 영장이라 자부하는 우리 인간이 번번이 그들에게 당하고 있으니 체면이 말이 아니다. 모든 생명체는 '진화적 군비경쟁(evolutionary arms race)'을 한다. 자신의 생존을 위해 경쟁 대상이 되는 생명체보다 유리한 조건으로 무장하는 것이다.

이와 같이 쫓고 쫓기는 진화적 군비경쟁을 미국의 생물학자 라이 반 바렌(Leigh Van Valen)은 '붉은 여왕 효과(Red queen effect)'라고 이름 지었다. 루이스 캐럴의 소설 '이상한 나라의 앨리스'에는 붉은 여왕이 앨리스의 손을 잡고 시골길을 정신 없이 달리는 대목이 나온다. 그러나 그들은 아무리 빨리 달려도 제자리걸음을 할 뿐이다. 앨리스가 "우리나라에서라면 벌써 어딘가 다른 장소에 도착해 있었을 거예요. 이렇게 빠른 속도로 오랫동안 달렸다면 말이에요."라고 어리둥절해서 말하자, 의아해하는 앨리스에게 여왕은 "네가 살던 곳은 아주 느린 나라인 모양이구나! 여기에서는 이 정도 속도로 달리면 같은 곳을 벗어날 수 없어. 어딘가 다른 곳으로 가려면 적어도 지금 속도의 배로 달려야 한단다."라고 설명한다.

이처럼 생물들은 보다 나은 미래를 위해 끊임없이 진보하는 것이 아니라, 현재 상태에서 도태되지 않으려고 안간힘을 다하고 있다는 것이다. 이 '붉은 여왕 효과'는 생명체들의 필사적인 생존의지를 보여준다. 인간도 달리고 코로나바이러스도 달린다. 우리가 백신을 개발하고 치료제를 만드는 사이에 이 바이러스도 전력을 다해 변이를 만들어내고 있는 것이다.

문득 식물들의 생존이 궁금해졌다. 그들도 바이러스의 침범을 받는다. 바이러스뿐인가? 곤충과 동물과 기상재해, 생리장해와 농약에 의한 피해 및 공해도 받는다. 감자나 사과를 먹을 때 보면 검은 점이 있거나 겉은 멀쩡한데 속에서 썩은 것들이 있다. 재배과정에서 방제를 위한 예방적 처치를 놓친 작물이다.

의학과 수의학이 있듯이 식물의학도 있다. 식물의학은 식물에 피해를 주는 병해충, 잡초, 약해, 생리장해, 기상재해 등의 원인과 발생경로를 밝히고, 재해의 진단, 예방, 치료 및 방제를 통해서 식물을 건강하게 생육하는 방법을 모색한다. 식물의학이 의학이나 수의학과 크게 다른 점은 의학이나 수의학은 치료적 처치를 중시하는 반면에 식물의학에서는 병해충 등의 방제를 위한 예방적 처치를 우선에 둔다는 점이다. 작물의 피해를 줄여서 우리들의 먹거리가 안전해야하기 때문일 것이다. 웬만한 농작물의 피해는 발생 후에도 방제가 가능하다. 하지만 태풍·호우·가뭄·대설 같은 기상재해는 예방하기도 처치하기도 힘들다.

사람도 마찬가지다. 질병에 걸리면 예방에 실패했대도 사후 여러 가지 처치가 가능하지만 갑자기 사고나 사건을 당하면 손 놓고 운명에 맡기는 방법 밖에 없다. 그렇다면 전문가들이 정의내린 '식물병'이란 무엇일까? 식물병이란 어떤 원인(병원체나 환경 요인)이 연속적으로 작용하여 식물의 세포나 조직이 가지고 있는 동적인 대사 흐름을 교란하는 과정을 말하며, 그 결과 식물이 본래의 형태나 생리기능에 이상을 보이는 것이다. 이러한 정의를 보면 동물이나 인간이나 식물이나 병에 걸리는 과정과 결과는 매한가지이다. 그래서 한 걸음 더 들어가 보았다.

우리는 왜 병에 걸리는 걸까? 코로나 바이러스에 접할 경우 왜 어떤 사람은 죽거나 심각한 후유증을 가지고 어떤 사람은 건강하게 이겨내는 걸까? 그 차이는 무엇일까? 식물의학에서는 발병하는 3가지 요인이 있다고 본다. 간단하게 시각화하여 '병 삼각형'을 만들었는데 삼각형의 각 변은 병원체(主因), 기주(素因), 환경(誘因)이다. 각 변의 길이는 세 가지 요인의 양에 비례하고 삼각형의 면적은 병의 총량을 보여준다. 그러니까 저항성이 있는 식물은 기주의 변이 짧으므로 삼각형의 면

적도 작다. 만약 세 가지 요인(邊) 중 어느 하나라도 값이 제로 (0)가 되면 삼각형이 만들어질 수 없고 병에 걸리지도 않는다.

이렇게 본다면 병에 걸리기가 쉬운 것도 아니다. 세 가지 요인이 모두 값을 가져야, 즉 모든 조건을 완전히 충족해야 병에 걸린다는 것이니까. 따라서 작물을 키울 때 세 가지 요인 중 한 가지를 약화시키면 식물병을 방제할 수 있다. 우리가 농약으로 병원체를 죽이는 것은 주인(主因)을 배제하는 것이며, 저항성 품종을 재배하는 것은 소인(素因)을 배제하는 것, 그리고 발병을 막기 위해 환경을 조절하는 것은 유인(誘因)을 배제하는 것이다. 이것을 우리의 건강에 적용해 보자. 기주, 즉 소인의 저항력을 기르는 것이 곧 면역력을 높이는 것이다.

병원체가 기주에 감염하여 병을 일으키는 능력을 '병원성'이라고 하는데, 기주가 병에 걸리려면 병원체를 수용하는 성질을 가져야 한다. 이를 '감수성'이라 한다. 반대로 기주가 병원체를 수용하지 않는 성질, 병에 잘 걸리지 않는 성질을 '저항성'이라고 한다. 감수성이 높으면 병에 쉽게 걸릴 것이고 저항성이 높으면 발병되지 않을 것이다. 우리가 처해있는 환경

식물과 춤추는 인생정원

은 녹녹하지 않다. 인간도 여러 가지 종류의 전염성 병균에 노출된다. 코로나 바이러스도 그 중 하나다.

그게 다가 아니다. 비전염성 병원도 수두룩하다. 대기오염과 수질오염에 따른 유해물질이 우리 몸에 잔뜩 축적되어 있고 각종 스트레스도 한 몫 한다. 무심코 사는 동안 앞서 말한 '병 삼각형'이 조금씩 만들어질 수 있다. '병 삼각형'이 만들어지지 않기 위한 적극적이고 체계적인 노력이 중요하다. '진화

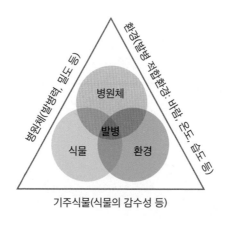

병 삼각형: 식물의학에서 꼽는 발병의 3가지 요인.

적 군비경쟁'에서 뒤처지지 않으려면 주인과 소인, 유인에 대
한 철저한 연구와 대비가 필요하다. 잠시 멈춰 서서 나의 '병
삼각형'의 세 변을 한 번 점검해 보자.

아까워도 쉬어가기

추석이다. 사람들 입장에서는 공들여 노력한 수확물을 거두는 때이고 식물들 입장에서는 혼자서 또는 사람들의 도움을 받아서 자식을 생산하는 중요한 시기이다. 그런데 종종 어떤 나무는 자식을 실하게 생산하지 않는다. 병충해로 아픈 것도 아니고 토양의 조건이 나빠진 것도 아닌데 꽃을 제대로 피우지 않고 열매도 시원치 않다. 사람들 입장에서는 섭섭하고 기운이 빠진다.

이런 현상을 '해거리'라고 하는데 열매를 맺지 않고 해를 거른다는 뜻이다. 어떤 해에 열매가 많이 열리면 나무 안의 양분이 적어져서 다음 해에는 열매가 적게 열린다. 지난해에 풍성한 후손들을 기르고 나면 올해에는 쉬는 현상이다. 해거리는 나무의 종류에 따라 다르게 나타나는데 특히 감귤나무, 감나무는 해거리가 잘 일어난다. 해거리의 이유는 나무의 휴식이다. 나무도 적절한 휴식을 취하고 기력을 회복하여 살아남아야 하기 때문이다.

나무가 몇 년 동안 자식을 낳고 키우는 데만 온 힘을 다 쏟으면 어떻게 될까. 에너지를 모두 소모하여 기초체력이 흔들리게 될 것이다. 그래서 나무는 해거리 기간 동안 모든 활동을 천천히 하면서 오직 재충전에만 힘쓴다. 물과 영양분을 옮기느라 지쳐버린 기관들을 돌본다. 생산보다는 생존에 전념하는 것이다. 그렇게 일 년 간의 휴식이 끝나면 나무는 다시금 다산할 수 있는 조건을 갖춘다.

최근 친구 하나가 건강에 위험신호가 왔다. 정열적으로 활동하며 많은 작품을 생산하여 늘 부러웠던 친구였는데 여기저기 돌봐야 할 곳이 많이 생겼다. 평소에 몸살 한 번 앓지 않았던 그였는데 어찌 그리 되었을까? 그에게 이제 선택지는 하나뿐이다. 나무처럼, 식물처럼 사는 것이다. '해거리'를 하는 것이다. 하지만 일중독인 그가 평소에 이 해거리를 어떻게 할 수 있겠는가? 그래서 자연이 그에게 준 선물(?)과 기회가 바로 질병이다. 식물처럼 스스로 알아서 해거리를 하지 못하니 쉴 수밖에 없는 조건이 된 것이다. 해거리하기, 세상에서 야무지기로 둘째가라면 서러운 식물을 따라만 하면 된다.

열매 맺기에 전력을 다하는 식물들도 때로는 쉬어 간다.

천재 과학자 아인슈타인은 하루 10시간을 잤다. 우리 보통 사람들보다 3시간 정도 더 잔 셈이다. 그는 자는 동안 여러 가지 영감을 얻었고 그것들이 그의 창의적 아이디어의 거름이 되었다. 빌 게이츠는 1년에 2회, 일주일간의 휴가기간을 갖는다. 그와 휴가를 함께 지낸 기자의 증언에 따르면, 빌 게이츠는 종일 혼자서 시간을 보낸다고 하는데, 마이크로소프트 회장 시절 중요한 경영전략들은 모두 이 휴가기간에 나왔다.

인도의 밀리언셀러 작가인 딥 트레버디(Deep Trivedi)는 자신의 책 '내 멋대로 사는 인간, 호모 아니무스(원제: I am the Mind)'에서 에너지를 얻을 수 있는 충전활동을 제시한다. 첫 번째는 하루 한 시간의 운동, 두 번째는 적절한 수면(해 뜰 때 기상하기), 세 번째는 3시간 단위의 식사이다. 그는 무엇보다도 우리가 지닌 한정적 에너지를 보존하기 위한 방법들을 강조하는데 그것은 놀랍게도 우리가 지닌 일상의 책임들을 하나씩 폐기하는 것이다. 우리가 가진 관념, 주의, 누적된 일과 인간관계들을 정리하는 방식이다. 쓸데없는 정보와 생각도 버린다.

불필요한 것이라면 그게 무엇이든 포기하라고 한다. 이 또한 나무의 전략과 같아 흥미롭다. 나무들은 해거리 때 그 좋아하는 꽃도 거의 안 피우고 열매에도 무관심하지 않는가? 하지만 우리는 온갖 잡다하고 불필요한 일들에서 헤어 나오지 못한다. 딥 트레버디 또한 빌게이츠 스타일의 휴식과 휴가를 권하고 있다. 5~6일의 휴식이 6개월을 지탱해준다고 하며 1년에 2번의 휴식을 추천한다. 식물은 해거리를 통해서 조화로운 일생을 사는데, 이걸 못 참는 사람들 중에는 식물이 해거리를 못하게 인위적으로 거름을 주고 살충제를 치기도 한다.

어쩌면 미련한 우리 인간들은 스스로에게 살충제와 거름을 잔뜩 먹이면서 매년 매달 매일 매시간 매초를 생산하고 또 생산하게끔 자신을 괴롭히는 지도 모른다. 더 높은, 더 많은 성공과 성취를 위해서 해거리를 용납하지 않는지도 모른다. 이쯤해서 병충해에 걸린 나의 친구는 그나마 행운일 터이다. 추석연휴이다. 해거리로 휴가 낸 식물들을 떠올리며 아주 잠시라도 나만의 시간을 가져 보자.

짚신도 짝이 있다?

늦봄부터 초여름의 꽃밭은 식물들의 욕망의 경연장이다. 그들의 진한 욕망은 수분매개자인 곤충과 동물뿐 아니라 우리 인간들의 발길도 잡아 끈다. 꽃이 피어있는 동안 결혼을 해야 아기를 만들 수 있으니 식물들의 마음은 급하다. 짝에게 다가갈 수 없는 그들은 중매쟁이의 도움이 절실하다. 중매쟁이를 끌어들이는 전략과 스타일도 가지가지이다.

점잖게 곤충들을 초대해서 티타임을 갖거나 점심이나 저녁식사를 함께하는 식물들도 있지만, 강압적으로 곤충들을 납치하여 하룻밤 가두어 두곤 임무를 확실하게 완수해야 풀어주는 식물도 있다. 그뿐 아니다. 아예 자기가 그 곤충의 짝인 양 사기를 쳐서 목적을 달성하는 식물들도 있다. 바로 해머오키드(Drakaea glyptodon)라는 식물이다. 이 식물은 자신의 결혼을 위해 죄 없는 수컷 말벌을 꼬드긴다.

타이니드 말벌 수컷은 막 태어난 암컷과 교미한다. 날개가 없는 암컷은 땅 속에서 나와 필사적으로 기어서 20센티미터 정도 되는 풀 위로 기어 올라간다. 꼭대기로 올라간 암벌은 페로몬을 풍겨 자신의 존재를 알리고 수컷을 부른다. 덩치 큰 수벌은 즉각 날아와 날개 없는 암벌을 안고 날아다니며 배고픈 암벌에게 꿀을 먹이고 짝짓기도 한다.

바로 요맘때 이들의 사랑을 방해하는 얄미운 꽃이 피어난다. 꽃의 키는 20센티미터이고 꽃잎 모양은 날개 없는 암벌 모양에다가 크기도 비슷하다. 게다가 이 꽃은 정탐능력이 어찌나 뛰어난지 암벌과 똑같은 페로몬을 솔솔 뿌려댄다. 페로몬에 이끌린 수컷은 조금의 의심도 없이 정신없이 날아와 꽃을 암벌로 알고 부둥켜안고 날아오르려 한다. 하지만 꽃이 무슨 수로 날겠는가?

안타까운 수컷이 꽃을 부여잡고 날아오르려 할 때마다 계속 맞은편 수술에 부딪힐 뿐이다. 게다가 이 꽃이 풍기는 페로몬은 진짜 암컷의 10배나 된다. 워낙 페로몬이 강하니 한 마리가 아닌 몇 마리의 수컷들이 치열한 경쟁을 벌인다. 이들은 혈투를 치르지만 승리한 수컷에게 돌아오는 것은 아무것도 없다. 그저 감쪽같이 결혼사기를 당했을 뿐! 수컷은 온 몸에 끈적대는 꽃가루를 뒤집어쓰고 꽃에서 겨우 떨어져 나온다. 하지만 다시금 옆의 꽃에 다가가 같은 일을 되풀이한다. 이 과정을 거쳐 해머오키드의 꽃가루는 다른 꽃의 암술에 붙어 수정이 된다.

개업이나 승진 때 선물로 인기인 난은 꽃을 피우는 식물의 20%를 차지하는, 아주 성공적으로 진화한 식물이다. 그 성공의 열쇠는 꽃에 있다. 난꽃은 지조가 강해서(?) 오직 한 종류의 수분매개자만 선택해서 유혹한다. 꽃가루가 섞이지 않아야 수정확률이 확실하게 올라가므로, 난꽃의 전략은 자신의 꽃가루가 다른 종류의 식물과 섞이지 않도록 딱 한 종류의 중매쟁이만 선택했다.

게다가 난의 꽃가루는 다른 꽃들과는 다르게 꽃가루들이 낱개로 흩날리지 않고 한 곳에 뭉쳐있다. 꽃 입장에서는 수분 과정의 위험부담이 크다. 그래서 일부 난꽃은 곤충을 속여 먹는다. 벌보필름(Bulbophyllum virescens)은 중앙의 꽃잎 하나가 특이하다. 파리가 날아오면 꽃잎이 움직이게 설계되었다. 꽃 잎은 덫처럼 파리를 가두는데, 이 덫은 정해진 몸무게에만 반응한다. 크기가 다른 파리나 다른 곤충들은 갇히지 않는다. 이 난은 자신의 꽃가루만 날라줄 전담파리를 골라서 가두는 전략을 쓴다.

광릉요강꽃(Cypripedium japonicum)도 덫을 만드는 난꽃 중 하나이다. 광릉요강꽃은 동아시아 특산종이자 멸종 위기 1급식물이다. 이 꽃은 항아리처럼 생긴 독특한 꽃잎을 가졌고 꽃 중심엔 구멍이 뚫려있는데, 그 구멍 속에 꽃가루처럼 보이는 노란 반점이 있다. 꽃 위쪽에는 또 다른 구멍이 있는데 이 구멍 옆에 있는 것이 진짜 꽃가루이다. 또 꽃 윗부분에는 빛을 투과하는 투명창이 있다. 놀이동산 같기도 한 이 복잡한 구조는 다 이유가 있다. 벌이 꽃에 다가가면 꽃은 먼저 입구로 안내하는데 그 입구는 벌이 잘 볼 수 있는 보라색의 원이다. 벌이 현관에 도달하면 구멍 안쪽이 보이고 거기에는 먹이로 착각할 수 있는 노란 반점이 있다. 벌은 아무런 의심

꽃밭은 인간을 포함한 모든 생명체들의 욕망을 후린,
성공한 식물들의 경연장이다. - 광릉요강꽃

식물과 춤추는 인생정원

없이 그 속으로 들어간다. 하지만 입구는 들어갈수록 좁아진다. 꽃의 구조는 들어갈 수만 있지 되돌아 나올 수는 없는 구조이다. 결국 벌은 함정에 갇힌다.

불쌍한 벌은 발버둥치면서 어떻게든 탈출하려고 하지만 방법이 없다. 그때 절망하는 벌에게 한 줄기 빛이 보인다. 바로 투명창으로 들어오는 빛이다. 빛을 향하는 습성이 있는 벌은 그 쪽으로 향한다. 이것을 예상한 듯, 꽃은 안에 짧은 털을 만들어 두었는데 이 털은 출구 쪽으로 갈수록 많아진다. 당황한 벌은 이 털을 사다리처럼 짚고 올라간다. 꽃은 벌이 무사히 꽃잎 밖으로 나갈 수 있도록 밖에도 털(사다리)을 만들어 두었다. 아주 주도면밀하다. 좁은 출구에서 버둥거릴 때 벌은 진짜 꽃가루를 온통 몸에 묻히게 된다. 더 놀라운 것은 벌이 덫에서 빠져나가면 벌의 등에 붙은 꽃가루가 스스로 움직이기 시작한다. 벌이 다른 꽃의 암술에 갔을 때 꽃가루가 암술에 잘 붙을 수 있도록 각도를 조절하는 것이다.

짝을 찾아 번식에 성공하고 후손을 두는 것은 모든 생명체의 본능이고 욕구이다. 하지만 이를 위해 많은 생물들은 생명을 걸기도 한다. 그만큼 복잡하고 난해한 과정이다. 식물은 다른 생명체들의 욕망과 습성을 꿰뚫어 보았다. 그러고는 자신의 무사한 결혼을 위해 정교하고 과학적인 시스템과 전략을 구축했다. 우리는 꽃밭을 그냥 지나칠 수 없다. 인간을 포함한 모든 생명체들의 욕망을 후린, 성공한 식물들의 경연장이므로.

3부

~~~~~~~~~

식물과
함께
인생 나기

폭죽의 비밀

봄을 알리며 피어나는 꽃들을 보면 하늘로 쏘아 올리는 폭죽이 떠오른다. 식물을 사람보다 더 좋아하는 지인들 덕분에 수줍은 깽깽이꽃부터 시작해서 복수초, 바람꽃, 제비꽃, 동강할미꽃 등 봉오리시절부터 만개한 모습까지 생생한 현장중계로 받아보는 행운을 누린다. 어느새 부지런한 식물들의 구애철이 되었다. 사람들은 봄꽃이 한창 피어오르기 직전에 졸업식과 입학식을 연다. 이 날 인생의 마디를 장식하는 가장 살가운 친구는 다름 아닌 '꽃'이다.

그 날의 주인공 가슴에는 엄마도 아니고 애인도 아닌, 화려하고 향기로운 꽃다발이 안긴다. (가족과 친구들은 옆에 서는 것만 허용된다.) 꽃을 꼬옥 껴안고 사진을 찍는 기회는 날이면 날마다 오는 게 아니다. 인생의 단 몇 번! 특별한 순간들이다. 개인적으로 생각해 보면 꽃을 안고 찍은 사진이 많을수록 그 사람은 성공한 행운아일 것 같다. 졸업식에 왜 하필 꽃다발을 선사하는가 하는 이유를 적은 글을 읽었다. 꽃이 팡! 하고 자신을 열어 피워 올리려면 폭발적인 에너지가 들어간다고 한다. 에너지 뿐 아니라 수많은 공력도 함께할 것이다.

그렇게 피는 꽃처럼 졸업하는 학생도 그간 수고 많았다고, 노력의 대가를 칭찬해주는 의미라고 한다. 뿐만 아니라 앞으로의 인생도 꽃처럼 활짝 피어나기를 바라는 염원이 담긴 것이라고 한다. 설득력 있고 감동적인 이유이다. 나도 많은 졸업을 했는데 당시에는 그저 화사한 꽃을 안고 사진을 찍으면 예쁠 거라고 가볍게 생각했었다. 하지만 꽃을 피우는 기제는 단순한 에너지의 폭발만은 아니다. 과학적으로는 더 복잡하다. 식물들은 각자의 수분 방식에 따라서 자신만의 방식을 갖는다.

꽃을 피우는 순간을 결정하는 데 온도가 중요한 식물이 있고 빛이 결정적인 식물이 있고 밤의 길이 또는 습도가 기준인 식물도 있다. 어찌 되었건 자신을 중매해 줄 중매쟁이가 활동을 하는 시기가 관건이기 때문이다. 씨앗이 싹을 틔우는 데 신중한 것처럼 꽃 또한 자신을 여는 데 조심한다. 신호를 잘못 판단해서 중매쟁이가 없을 때 꽃을 피웠다간 낭패를 보니까 말이다. 씨앗이 발아하는 데 결정적인 도움을 주는 피토크롬은 꽃의 개화에도 가장 중요한 첩보원이다.

식물의 단백질 색소인 피토크롬은 빛이 얼마나 있는지, 어떤 빛인지, 얼마나 오래 머무는지를 착착 조사해서 식물의 생장을 조절하게 해준다. 피토크롬은 성실하게 태양빛을 감지해서는 식물 생존에 필요한 갖가지 기능을 계절에 맞추어 지시한다. 발아와 개화 뿐 아니라 성장과 재생산, 겨울 휴면 등 모든 것이 이 첩보조직의 사령탑에서 결정된다. 꽃잎의 구조 자체에 꽃을 피우는 독자적인 시스템이 있는 것은 아니다.

닫혀있는 꽃부리가 열리는 비밀은 꽃잎의 형태와 성분에 있다. 거의 모든 식물은 꽃부리의 굴곡을 역동적으로 변화시

봄을 알리며 피어나는 꽃들은 하늘로 쏘아 올리는 폭죽이다.

킴으로써 개화한다. 꽃잎들은 가장자리 부분과 가운데 부분의 성장 속도를 달리해서 불균형 상태를 만들기도 한다. 꽃잎 안쪽이 바깥쪽보다 커지면 안쪽에서 부풀어 오르는 힘이 커진다. 며칠이 지나면 이 속도와 힘이 커지면서 가장자리 부분이 더 이상 버티지 못하고 열린다. 이렇게 하여 꽃은 활짝 핀다. 또 하나는 꽃잎의 성분이다. 용해 물질 농도에 변화가 오면서 인접한 세포들 사이에 삼투현상이 일어난다. 아미노산과 소금, 단당류의 움직임이 꽃잎을 여는 데 작용한다.

식물이 언제 어떻게 꽃을 피우는지 궁금해서 안달이 난 사람이 있었다. 그는 무려 30년 동안 한 해도 빠지지 않고 1월 1일 마다 자신의 정원을 사진으로 남겼다. 1913년에서 1942년까지의 기록이다. 이 사람은 존 윌리스라는 영국인인데 식물 10여종의 개화를 연구하는 프로젝트에 자원해서 참여했었다. 그는 설강화와 나팔수선화의 일대기를 찍었는데 나중에 사진들을 모아서 '날씨에 관하여, 지난 30년의 영국 날씨 Weatherwise, England's weather through the past thirthy years(1944)'라는 책으로 출간했다. 사실 이러한 프로젝트의 목적은 식물의 적응력을 알아내어 각각의 식물들을 어디에 심는 것이 최상일지, 그리고 식물들의 성장을 예측하는 것이다.

자신의 공력이 쌓여 학교를 졸업하는 시기를 맞는 것처럼, 우리 개개인도 인생의 마디마디 마다 어디서 무슨 일을 하면 딱 좋은지 그리고 언제가 쉬는 기간이고 언제가 점프할 시기인지 정확하게 예측할 수 있다면 얼마나 좋을까? 우리 몸속의 피토크롬이 주변 환경을 스캐닝하여 시시각각 어떻게 살라고 알려준다면?

엄마랑 아기랑

　'인간(人間)'을 한자로 보면 '사람 사이의 간격'이다. '인(人)'이란 글자가 '두 사람'을 의미하므로 두 사람 사이의 이슈가 인간이다. 따라서 두 사람 사이에 어느 정도의 간격을 유지하는가가 인간관계의 핵심이 된다. 5월은 관계의 달이다. 가장 소중하고 가까운 사람들을 다시금 돌아보는 달이다. 5일 어린이날에서 시작하여 8일 어버이날. 15일 스승의 날, 21일 부부의 날까지. 만나고 밥 먹고 선물을 주고받고 마음을 점검하는 분주하고 정다운 시간들이다. 부모님은 나의 몸을 낳아 기르시고 스승은 나의 정신을 키워주시고 부부는 서로의 마음을 보듬어 준다.

이 세 가지 관계가 원활하면 행복한 사람이 된다. 게다가 이 관계들은 긴 여정으로서, 인생길에서 수십년을 함께 하는 사이이다. 따라서 최적의 거리와 간격을 찾아서 그것을 유지하는 것이 중요하다. 한국 전통사회에서 부부 사이는 명확한 거리가 있었다. 한옥에서 안채와 사랑채가 분리되어 있는 것만큼 부부의 역할은 분명하게 정해져 있었다. 서로 존중하고 공경했으며 절도 있는 부부관계를 영위했다.

현대사회의 환경은 전통사회와 크게 다르다. 가족은 다양해지고 개인화되고 파편화되었다. 관계의 간격을 어떻게 두어야 건강하게 살 수 있을지 식물에게 물어 보았다. 식물의 부부관계(?)는 제한적이고 한정적이다. 속씨식물은 암술과 수술의 2차에 걸친 중복수정이 일어나는데 이를 통해 배와 배젖이 만들어진다. 배와 배젖은 씨가 되고, 밑씨를 둘러싸고 있던 씨방은 열매가 된다. 식물의 경우는 2세대가 만들어지면 부부의 소임이 끝난다.

꽃은 수분과 수정이라는 생식의 필수적인 임무를 마치면 자연으로 돌아간다. 하지만 인간의 경우는 복잡하다. 부부의 만남 또한 생물학적으로는 자손 번식이 일차적 목적이지만 인간은 매우 만숙성인 종이기 때문에 그 과정이 길고 지루하다. 따라서 관계의 양상은 자연스럽게 부모-자녀 관계로 옮아간다. 효(孝)와 자(慈)로 정의되는 부모-자녀사이는 가장 가까운 사이의 규범을 보여준다. 세상에서 가장 친한 두 분, 양친(兩親)에 대한 자녀의 도리는 단단한 가족 결속의 기초가 되었다.

가족의 사이클은 순환해야 한다. 자녀는 부모로부터 독립해야 한다. 또 다른 가족이 만들어지는 조건이기도 하다. 자녀가 홀로서기를 두려워하거나 부모가 홀로세우기를 꺼린다면 부모-자녀관계의 간격은 적당하지 않고 건강하지 못한 관계가 된다. 식물을 보자. 나무 씨앗들은 엄마 나무 바로 아래에 떨어질 확률이 높다. 그래서 엄마나무들은 아이들을 먼 곳으로 보내려고 갖은 애를 쓴다. 동물들의 털에 붙여 보내는 방법을 쓰기도 하고 새들의 먹이로 주어 아주 멀리 떨어진 곳에서 배설되어 부활하기를 꿈꾸기도 한다.

식물과 춤추는 인생정원

그래서 동물들이 좋아할 법한 과육으로 잘 포장하고 어떤 시련을 겪어도 죽지 않도록 갖가지 장치로 씨앗을 보호한다. 새들과 각종 동물들은 엄마가 준비한 선물에 혹하여 충실한 배달부 노릇을 수행한다. 어떤 식물은 바람과 물에 의지하여 미지의 세계로 옮겨 가는데 이때 바람과 물은 스승의 존재로 생각할 수 있다. 엄마의 노력 덕분에 이주에 성공하는 아기들도 있지만 그러지 못하고 엄마나무 아래서 새 삶을 시작하는 경우도 적지 않다.

부모-자녀간의 적절한 거리를 유지하지 못하는 폐해는
간섭과 집착과 불화라는 고질병으로 이어진다.

이 경우 아기나무의 성장은 어떨까? 사람들은 결혼해서도 부모님 근처에 살면서 이런저런 도움과 혜택을 누리지만 나무들은 엄마 그늘 아래서 제대로 자라기 힘들다. 생존과 성장에 가장 중요한 햇빛을 보기가 어렵다. 높이 치솟은 엄마나무에 가려서 겨우 3% 정도의 햇빛 밖에 받지 못한다. 이 정도면 겨우 죽지 않고 생명이나 보존할 수준이다. 물론 엄마나무가 아기들의 딱한 처지를 모른 체 하지는 않는다.

엄마나무들은 땅 속을 통해 광합성에 필요한 탄소를 아기들에게 나누어 준다. 아무리 그렇다고 해도 널찍하고 시원한 터에 자리 잡은 형제들과는 비교가 안 된다. 그들은 새로운 곳에서 좀 외롭겠지만 폭풍성장을 하는 중이다. 엄마를 떠나 일찍이 독립하면 자주성과 자생력이 급속하게 늘어간다. 가족과 친척들이 함께 살면 특정 병해충이나 세균에 모두가 노출되어 몰살될 위험이 있지만 떨어져 지내면 그런 재난을 면할 수 있다.

여러 가지 이유로 식물들은 자녀들을 되도록 멀리 내보내려 한다. 식물들에게 있어서 부모-자녀 간격은 멀어질수록 좋은 것이다. 우리들은 어떤가? 가정마다 사람마다 서로 다르겠지만 하늘이 내려준 관계인 천륜(天倫)이라 그런지 헤어짐을 매우 애달프게 여긴다. 부모와 떨어지기를 힘들어하는 자녀도 있고 자녀를 떼어내기를 아쉬워하는 부모도 많다. 특히 어머니의 경우는 아이를 몸속에 지니고 있는 기간을 기억하며 이제는 자녀가 몸속에 없다는 것을 실감하지 못하는 어리석음을 범하기도 한다. 결국 자녀는 몸조차도 독립하지 못하거나 몸은 떨어져도 마음과 정신은 여전히 부모에게 머물러 있기도 한다.

떨어져 나오지 못한 씨앗은 자신의 터전과 영역을 개척하지 못하고 부모의 그늘에 머물러 있는 답답한 현상을 보인다. 부모-자녀간의 적절한 거리를 유지하지 못하는 폐해는 간섭과 집착과 불화라는 고질병으로 이어진다. 엄마나무와 아기나무처럼 부모와 자녀의 적절한 간격, 독립과 성장을 위한 거리는 확보되어야 한다.

분재인생

우리나라에 분재열풍이 불었던 시기가 있다. 1970~1980년대이다. 사무실이든 집이든 고색창연한 소나무 분재 하나 정도는 들여놓아야 품위있다고 여겼던 시절이다. 바위와 이끼를 품고 꿋꿋하게 자라나는 노송을 실내에 모셔놓고 나무처럼 자연처럼 살려했던 사람들의 소망이 있었다.

지금은 직접 자연으로 나가서 나무와 돌과 풀 사이에 하루 이틀 둥지를 틀어버리는 캠핑이 유행하고 보니, 분재를 사랑하는 사람들이 있기는 해도 이전 같지는 않다. 자연에 두면

맘껏 뿌리를 뻗고 가지를 키울 나무들을 아담하고 예쁜 화분에 모셔두고 키우는 사람의 취향과 마음에 맞추어 물주고 거름 주고 다듬고 하며 동거하는 것이 분재이다.

화분에 심긴 나무는 현대를 사는 인간과도 같다. 본래 인간은 야생의 동물들처럼 산 속에서 동굴에서 강가에서 거칠 것 없이 살았다. 해 뜨면 일어나고 어두우면 눕고 배고프면 먹고 먹을 게 없으면 굶었다. 그러다가 육체의 한계에 도달하면 자연스레 자연으로 돌아갔다. 지금도 우리는 아프리카나 아마존의 자연 속에서 자족하고 순응하며 살아가는 사람들을 본다.

소똥으로 집을 짓고 나뭇잎으로 몸을 가리고 냉장고 하나 없이 금고나 전기시설 없이 그저 살아가는 사람들을 본다. 그들의 얼굴은 순박하고 표정은 걱정 하나 없다. 사막을 떠도는 유목민들의 삶도 비슷하다. 키우는 염소가 먹을 풀이 없어지면 그들은 아무 미련 없이 그 자리를 떠난다. 살림도 단출하다.

요즘 인기 있는 텔레비전 프로그램인 '나는 자연인이다'의 주인공들도 비슷하게 산다. 그들은 아주 약간의 문명의 혜택을 누리지만 현대 도시인들과는 비교가 안 되는 무욕의 일상을 산다. 자연 속의 사람들의 공통점이라면 '스트레스 제로'일 것이다. 스트레스가 만병의 근원이라는 건 이미 밝혀진 사실

숲의 나무는 자유롭게 살아가지만 분의 나무는 정형화되어 산다.

이라서, 암이나 불치병을 자연치유할 수 있도록 도와주는 프로그램도 생겼다.

자연 속에 산다는 건 숲에서 자라는 나무의 삶을 사는 것이다. 숲의 나무는 햇빛과 비만 있으면 족하다. 햇빛으로 광합성을 하고 비를 통해 양분과 수분을 흡수한다. 땅은 그들에게 생모처럼 푸근한 사랑과 자원을 준다. 땅에 심겨진 나무에게 바랄 것이 더 있겠는가! 그들은 한 번의 생을 즐기며 산다.

땅과 물과 햇빛과 각종 동물들이 문제를 해결해 준다. 바람이 세다고 걱정할 나무가 있을까? 거센 바람도 서로 어울려 든든히 막아선다. 방어막이 뚫린들 어떠랴? 가지가 몇 개 부러져도 큰 문제없다. 태풍에 아예 쓰러져 버린다면? 내가 죽으면 자식들에게 많은 햇빛이 선물로 돌아갈 것이고, 나를 그루터기로 수많은 생명들이 살아가니 죽음도 헛되지 않다.

땅에 심겨진, 숲의 나무는 유유자적하다. 그런데 분에 심겨진 나무는 어떨까? 때맞추어 분갈이가 필요하고 거름이 있어야 하고 해충을 잡아주어야 하고 바람과 물과 햇빛의 조화 또한 인위적으로 제공되어야 한다. 현대사회 시스템 속의 인간과 같다. 때맞추어 학교에 가고 시기가 되면 취직을 하고 퇴직을 하는 일생이다.

일생의 사이클이 도는 동안 부모가 가족이 사회가 사랑 또는 복지의 이름으로 그를 돌본다. 잎을 생산하고 꽃을 피우고 열매를 맺는 동안 세심한 보살핌이 따른다. 그러다가 모든 임무를 다하고 나면 생명을 마친다. 숲의 나무는 자유롭게 살아가지만 분의 나무는 정형화되어 산다. 자력이 아닌 타력에 의지해서. 분에 심긴 나무인 우리는 그래서 산과 숲에 간다. 잠깐이라도 그 곳에 뿌리를 내리고 싶어서.

식물과 춤추는 인생정원

개혁의 시간

　나무들이 사방으로 폭죽 같은 꽃을 터뜨리는 봄은 개혁의 시간이기도 하다. 화분에 심겨진 나무들은 봄을 찬스로 하여 새로운 기회를 다진다. 땅에서 자라는 나무라면 땅이 절기를 따라 모든 것을 마련해주지만, 화분에서 자라는 나무는 극도로 제한된 환경 속에서 많은 제약을 가지고 산다. 그래서 화분의 나무는 가꾸는 이의 세심한 관심과 돌봄이 요구된다. 규모가 가장 큰 판 바꾸기는 바로 분갈이다.

　분갈이는 환경과 식물을 모두 손질하는 것이다. 나무를

화분에 심고 2~3년이 지나면 뿌리가 자라나서 화분 안에 뿌리가 꽉 차서 엉긴다. 그 바람에 흙은 서서히 다 빠져나가고 만다. 돌보는 사람은 이 때 화분 안의 환경을 다시 조성해 줄 필요를 느낀다. 일단 힘이 빠진 흙을 새 흙으로 바꾸어 주어야 한다. 좋은 흙은 식물이 잘 자랄 수 있는 각종 양분을 충분히 지니고 있다.

가능하다면 한 번도 식물의 뿌리가 닿지 않은 흙(처녀토)이면 정말 좋다. 이런 흙은 오염되지 않았고 배수도 잘 된다. 뿌리도 손질해 준다. 굵은 뿌리는 식물을 지지해 주는 역할을 하고, 잔뿌리는 영양과 물을 흡수한다. 분갈이 때는 뿌리도 정리한다. 2~3년 간 자란 잔뿌리의 길이도 적당하게 잘라낸다. 아깝고 아프지만 자기 살을 자르는 결단이 필요하다.

뿌리 자르기는 인간에 비유하면 수술이고 구조조정이기 때문이다. 꽃을 보는 나무는 꽃이 활짝 핀 이후에 해준다. 그리고 뿌리에 붙어있는 원토 또한 깨끗이 털어내서 뿌리가 새 흙과 만날 수 있게 해준다. 이 작업은 인간으로 보면 과거의 습관, 사고방식 들을 철저하게 없애는 것이다. 분갈이 때 화

식물과 춤추는 인생정원

분은 기존 것보다 더 큰 새 화분을 사용하지만, 만약에 화분을 그대로 사용하는 경우는 분도 깨끗하게 세척한다.

식물의 잔뿌리가 환경에 적응하듯 우리 또한 잔뿌리를 늘려서
사고의 유연함을 유지하고 증가시켜야 한다.

식물의 분갈이는 규모가 큰 개혁이다. 우리는 언제 개혁을 원하는가? 우리는 언제 인생을 바꾸는가? 무엇인가 정체되어 답답할 때, 화분 속 상태처럼 우리의 환경이 안 좋아졌을 때, 마음과 몸이 지치고 고갈되어 재충전해야 할 때, 엉긴 잔뿌리처럼 온갖 상념에 시달릴 때, 진로를 다시 생각할 때, 회사를 옮기고 싶을 때, 창업하려 할 때, 구조조정이 필요할 때, 인간관계가 너덜너덜해질 때 등등 각종 갑갑한 환경에 처했을 때이다.

대부분의 사람들은 이런 처지에 놓일 때 자신을 점검한다. 건강관리에 소홀하지 않았나? 인간관계에 문제가 있는 건 아닌가? 직장 또는 직업을 바꾸어야 하나? 나의 가치관이나 지향점이 잘못되었나? 너무 일만 했나? 휴식 또는 휴가를 가져야 하는 것 아닐까? 회사의 관리자라면 이러한 자기 점검 이후에 조직을 면밀히 들여다 볼 것이다. 이후에 크고 작은 구조조정과 조직개혁을 구상할 것이다. 가정도 마찬가지고 국가도 매일반이다. 분갈이라는 개혁의 시간은 다가오게 되어 있다.

건강하지 못한 식물이 분갈이를 감당하지 못하듯 유약한 사람이나 조직 또한 개혁을 견디지 못할 것이다. 그럴 때는 뿌리는 건드리지 않고 건강한 흙으로만 갈아주는 분 바꾸기를 시도할 수 있다. 분갈이든 분 바꾸기든, 개인이든 경영자든 간에 축을 세우는 위기의식이 생존의 선결조건이다. 우리는 끊임없이 연구하고 공부하고 변화를 시도하여 자신이 처한 환경을 개혁해야 한다.

또한 계속 자라나는 생각의 잔뿌리의 길이를 잘라내어 직관력과 단순함을 증가시켜야 할 필요가 있다. 식물의 잔뿌리가 환경에 적응하듯이 우리 또한 잔뿌리를 늘려서 사고의 유연함을 유지하고 증가시켜야 한다. 식물이 잔뿌리를 늘리고 키워서 양분과 수분을 지속적으로 탐사하듯이, 우리 또한 호기심을 유지하여 지적, 정서적 탐사와 여행을 멈추지 않아야 한다. 식물에게 분갈이가 꼭 필요하듯 우리에게도 과감한 개혁의 순간은 필수이다.

식물의 계절, 사람의 일생

지인들이 보내주는 봄꽃 사진이 핸드폰에 넘쳐난다. 경주, 지리산, 아산, 서울의 봉은사에 피어오른 홍매화, 미선나무, 진달래, 벚꽃, 복사꽃이 자신만의 매력으로 우리들의 마음을 훔친다. 상록수들도 새로운 잎을 연다. 연두색과 노란색, 분홍색과 자주색, 화려한 흰색이 어우러져 무채색이었던 대지에 생기를 준다. 봄이다! 겨울이 되면 언젠가 봄이 오겠지, 하고 해마다 기다리는 봄이다.

그렇게 식물들은 겨우내 잠자다가 깨어날 때를 잊지 않는다. 그들의 정확한 시계 덕분에 우리도 계절을 느끼고 시간을 헤아린다. 식목일이 들어있는 4월은 식물이 세상에 다시금 태어나는 때이다. 그에 비하면 3월은 엄마 뱃속에 있는 때라고 하겠다. 식물은 4월부터 7월까지 영양생장을 한다. 키를 쑥쑥 키운다. 그러다가 8월 이후부터는 비대성장을 한다. 식물의 4계절을 인간의 일생에 비한다면 어떻게 될까?

성글게 본다면 봄은 어린이, 여름은 청년, 가을은 중년 또는 장년, 겨울로 접어들면 노년이 될 것이다. 4월에 피어오르는 꽃과 잎은 생명력을 뿜어낸다. 긴 기다림 끝에 세상에 나온 작은 아기처럼 바라보기만 해도 흐뭇한 미소를 부른다. 약동하는 그들의 용틀임은 지쳐 기운이 빠진 인간들에게 보약이다. 4월의 식물은 태어나서 10살까지의 아이로 볼 수 있겠다. 이 시기 아이들에게 무엇을 해 주어야 할까?

정원에 있는 나무는 잎이 나오기 전인 2월에서 3월 중에, 분에 심은 식물은 4월부터 거름을 준다. 뿌리생장이 극대화되는 5월 중순에는 거름을 많이 준다. 물을 주는 빈도도 조절해야 한다. 3월에는 2~3일 간격으로 한 번 주면 족하지만

4월이 되면 매일 물을 주어야 한다. 갓 태어난 아이에게 충분한 젖을 주고 폭풍 성장하는 유년기 아이들에게 양질의 영양을 제대로 공급해 주는 것과 같은 이치이다.

사람이 성장하면서 갖은 시련을 겪듯이 식물도 자라나면서 병충해와 싸운다. 섭씨 27도가 고비이다. 이때부터 식물을 괴롭히는 병충해들이 기승을 떤다. 싸워 이기면 살아남고 그렇지 못하면 병이 나고 심지어 죽는다. 영양생장을 끝내는 7월은 인간의 30대 쯤 되지만, 인간의 20대에 해당하는 기간인 6월이 되면 식물은 다음 해 봄에 피워 올릴 꽃을 준비하기 시작한다. 사람으로 치면 다음 세대를 준비하기 시작하는 것이다.

대부분의 식물은 유년성을 지닌다. 유년성이란 식물이 발아 후 일정기간 성장을 하여 일정한 크기가 될 때까지 다음 세대를 준비하지 않는 것이다. 6월쯤 되면 화아분화가 일어나는데, 화아분화란 식물이 생육 도중에 식물체의 영양조건, 생육년수 또는 일수, 기온 및 일조 시간 등 필요한 조건이 충족되었을 때 화아를 달게 되는 일이다. 종류에 따라 또는 동일

작물이라도 품종에 따라 그 시기가 다르지만, 대개는 기온이
높은 여름철에 분화하는 일이 많다.

식물과 우리는 같은 계절을 살아간다. 그 계절, 그 달, 그 절기,
그 시기에 해야 할 일들을 마음 졸이며 수행하면서…

과채류의 경우에는 과실 생산이 주목적이므로 충실한 화아 형성이 매우 중요하다. 화아분화란 인산에게는 가정 꾸리기 또는 평생 자신이 일할 터전 잡기 등에 해당할 것이다. 학교생활을 하면서 부지런히 양분과 거름과 물을 먹고 생장하는 청소년기를 지나 청년기에 하는 일이 화아분화이다. 반면 단풍이 드는 10월 중순에서 11월 중순은 인생의 노년기이다. 노년기는 이제까지 보여주지 않았던 모습을 선보이는 시기이다.

　　엽록소에 가려 보여주지 못한 노랗고 붉은 색을 자랑하며 평생을 걸친 노고를 치하하는 화려한 은퇴식을 거행한다. 인간도 식물도 겨울, 노년이 되면 모습이 변한다. 그런데 우리는 식물의 노년은 아름답다고 하고 인간의 노년은 추하다는 편견으로 대한다. 백발과 주름, 구부정한 외모를 극도로 싫어하는 경향이 있다. 봄부터 꽃과 잎을 피워올려 결국에는 씨앗을 만들어낸 식물의 노년은 가정과 일에서 자신의 할 일을 완수한 인간의 노년과 같다.

　　겨울나무의 앙상한 가지, 나목의 모습은 인간의 정신, 본질이다. 우리는 우리를 평생 감싸고 있던 이름들, 허명, 겉치레, 욕망 등을 훌훌 벗어던지고 자신 앞에 선다. 꽃과 잎과 열매에 가려 누구의 자식, 누구의 제자, 누구의 아내 또는 남편, 누구의 부모, 어느 회사의 누구로 불렸던 모든 것들을 담담하게 내리고 삶을 관조한다.

그렇게 식물과 우리는 같은 계절을 살아간다. 그 계절, 그 달, 그 절기, 그 시기에 해야할 일들을 마음 졸이며 수행하면서. 피워 올린 꽃의 낙화와 내내 고생한 잎들과의 이별과 풍성하거나 조촐한 열매의 수확과 부대끼면서 우리는 산다. 식물처럼!

5월의 바람, 5월의 비

 바람이 세찬 봄날, 나무는 기꺼이 바람을 마중한다. 우수 수 부는 바람에 리듬을 맞추어 춤추는 나뭇가지와 잎들은 거짓이라곤 찾아 볼 수 없는 진심으로 5월을 즐긴다. 옛 현인들은 "풀 위에 바람이 불면 풀은 반드시 눕는다"고 말하여 눕는 풀은 소인이고 바람은 군자의 덕을 의미한다고 했다. 봄바람에 쏴쏴 소리를 내며 흔들리는 나뭇잎을 보니 문득 그 교훈이 떠오른다.

 젊은 날에 그 구절을 읽었을 때 '소인들이 어떤 마음으로

식물과 춤추는 인생정원

군자에게 화답할까?' 궁금했었다. 혹시 지위가 높은 군자에게 그저 복종하는 모습을 '풀 위의 바람'에 비유한 게 아닐까 상상하기도 했다. 그런데 이번 봄날, 몰아붙이는 바람에 기꺼이 몸을 흔들며 즐거이 춤추는 나무들을 보면서 군자의 덕스러움에 진정으로 화답하는 소인의 모습이 어떤 것인지 확연하게 느꼈다.

바람이라는 자연과 나무라는 자연이 만나서 서로 부르고 답하는 이 광경은 봄날의 축제를 연상하게 한다. 겨우내 싹을 낼 날만 기다리고 기다리던 풀잎들, 지난 해 동안 어디에 얼마만큼 잎을 낼 것인지 궁리를 거듭했던 나무들, 그래서 기어이 잎을 틔우고야만 식물들이 서로 몸을 부비며 생명을 만끽하는 계절이 5월이다.

봄비는 조심스럽다. 가만가만 내리며 하나의 꽃잎도 하나의 이파리도 떨구지 않으려고 배려한다. 하지만 바람은 대범하다. 바람은 약동하고픈 식물의 마음을 아는 듯, 맘껏 소리치며 노래하고 춤추도록 식물들을 부추긴다. 그렇다! 5월의 나무들 식물들은 꿈 많고 발랄하기 그지없는, 잠시도 가만있지 못하는 청소년이다.

그들은 호기심이 왕성하다. 먹성도 좋다. 무엇이든 잘 먹고 무엇이든 즐기고 무엇이든 궁금하고 무엇이든 재미있다. 10대 아이들이 모인 곳은 왁자하다. 햇빛보다 찬란한 그들의 생명력은 모두의 마음을 환하게 해준다. 5월의 식물은 청소년이다. 밝은 태양과 때맞춰 내리는 비와 시원한 바람이 그들을 먹이고 키워낸다.

살아가는 데 최적의 온도도 이즈음에 제공된다. 식물의 뿌리는 5월 중순에 가장 많이 자란다. 식물의 줄기는 5월 말경에 쑥쑥 자란다. 그렇게 5월의 나무는 매일이 다르다. 자고 나면 달라지는 아이들처럼 비 개인 날 다르고 바람 분 날 다르다. 빗속의 양분을 잔뜩 먹은 이파리는 색이 진해지고 꿋꿋해진다. 그들이 하루하루 달라져가는 모습을 보면 우리도 즐거워진다.

하지만 그저 자라는 식물들을 보면서 헤벌쭉하고 있다간 낭패를 본다. 사람이나 식물이나 성장이 빠를 때가 해충이 덤

5월의 나무는 바람과 비를 즐긴다. 청소년들도
이것을 즐길 권리가 있다.

비는 시기이다. 식물의 야들한 잎과 살가운 줄기는 해충의 표적이 되고 청소년의 물오른 신체와 활발한 마음은 악인들의 시선을 끌기 쉽다. 식물에게 충분히 거름을 주고 해충을 죽이는 약을 써야 하듯이, 10대 청소년에게도 적절한 심신의 양식과 세상을 보는 눈을 키워주어야 한다.

어쩌다가 청소년들이 힘든 일을 겪으면 어떻게 될까? 우리는 당연히 이런 걱정도 해야 한다. 그래도 심하게 염려하지는 말자. 5월의 식물이나 10대 청소년이나 에너지의 화수분 아닌가! 나뭇가지에 난 상처가 5월에는 잘 아물 수 있듯이 청소년에게 생기는 아픔이나 문제도 그 시기에는 잘 극복하고 지나갈 수 있다.

이 시기가 민감하고 위험한 시기라고 해서 청소년들의 마음과 생각의 뿌리를 건들지 말자. 단근법(뿌리의 일부를 잘라냄)을 시행한 나무의 잎이 더 이상 자라지 못하듯이 심한 주입과 간섭을 받은 마음은 활발한 창의성을 잃어버린다. 5월의 나무는 바람과 비를 즐긴다. 청소년들도 이것을 즐길 권리가 있다. 그저 바람에 춤추는 잎처럼 살면 된다.

식물과 춤추는 인생정원

단풍이 신록을 부러워하랴!

　쏴!~ 우수수~ 부는 바람에 잎들이 나뭇가지를 떠난다. 짧은 비행을 하고 나면 새로운 여행길에 오른다. 작은 나무들 머리에 내려앉기도 하고 이끼와 풀들이 빼곡한 땅위로 돌아오기도 하고 때로는 사람들이 닦아 놓은 단단한 길 위에 떨어지기도 한다. 가을은 식물의 여행시즌이다. 공들여 만든 씨앗들도 새로운 터전을 찾아 떠난다. 되도록 멀리 가려고 새들에게 유혹의 눈짓을 보낸다.

　물론 공짜는 없다. 엄마가 만들어 준 향기 좋고 영양 넘치는 과육이 뇌물이다. 비교적 가벼운 열매와 씨앗들은 바람의 손길을 기다린다. 바람을 타고 때로는 물결에 실려 씨앗은 미지의 세상으로 향한다. 그렇게 씨앗들을 떠나보내면서 이파리 일꾼들도 행복해진다. 할 일 다했다는 홀가분함으로 충만하다. '열심히 일한 당신, 떠나라!' '이제부턴 내 인생이야!' 그들도 바람의 도움을 받는다. 비가 내리면 비행의 스릴은 좀 줄어들지만 그래도 나쁘지는 않다. 은퇴하는 아니, 휴가 가는 가을 잎들의 뒤를 밟아 보자.

바람에 쏴 쏴 화답하면서 그들은 자유를 얻는다. 긴 세월 이 순간을 얼마나 기다렸던가! 호흡하고 영양분 만들어 저장하고 배설도 하느라 일개미만큼 바쁘게 살았다. 낮에는 낮대로 밤에는 밤대로 엄마나무 도와서 열매 키우느라 분주했다. 이제 열매들도 각기 제 갈 길로 갔다. 그들은 환호한다. '나는 자유다! 나 하고 싶은 걸 할 거야.' 그래서 엄마 나무에서 독립한다. 아스팔트로 떠난 낙엽은 진정한 자유인이다. 바람이 불면 열을 지어 달린다. 철새처럼 대열을 이뤄 땅 위를 구른다.

얼마나 이 순간을 즐기는 지 사사삭 합창소리가 들리는

듯하다. 도시인들처럼 이들도 함께이면서 따로 이다. 독립적이고 재빠르다. 들판이나 산이나 공원은 다른 환경이다. 여기서 잎들은 이웃과 교감하며 2막을 시작한다. 솨 솨 우수수 소리가 그 증거이다. 엄마나무를 떠나면서 여러 번 엄마와 포옹을 한다. 시간 여유 있는 잎들은 옆에 있는 이모나무들과도 스킨십을 한다. 낙엽 떨어지는 소리는 이들이 이별의 포옹과 키스를 나누는 소리다. 그래서 참으로 요란하다.

늘 함께 살고 늘 곁에 있었지만 손 한 번 못 잡은 아쉬움을 이 순간 달랜다. 엄마, 그리고 친척들과 다정하게 교감하는 절호의 기회다. 어떻게 아무 소리 없을 수 있을까? 그들의 이별축제에 우리 인간들의 귀도 쫑긋해진다. 문득 노래 가사가 떠오른다. '그대 사랑 가을 사랑, 단풍일면 그대 오고,.... 그대 사랑 가을 사랑, 저 들길엔 그대 발자국, ... 가을, 아~ 가을, 오면 가지 말아라, 가을, 내 맘 아려나~' 이 가사는 낙엽의 마음을 짚어준 것일 게다. 곁에 있어도 포옹 한 번 못하고 지낸 잎들의 아쉬움이 배어있다. 그렇게 그들은 이별을 하고 새로운 만남으로 향한다.

공원의 잎들은 이끼와 풀들을 만난다. 늘 올려다보아야 했던 잎들이 어느 날 땅으로 하강하니 이끼와 풀들의 호기심이 넘친다. 만나자마자 재잘재잘 이야기가 넘친다. 낙엽의 입장도 비슷하다. 까마득하게 내려다보았던 땅 위 세상이 신기하다. 파랗고 노랗고 빠알간 무지개로 그들의 수다가 시작된다. 낙엽들은 이곳에 잠깐 머물 수도 있고 오래도록 함께 할 수도 있겠지, 그들의 다음 여정은 아무도 모른다.

바람과 비와 땅이 결정해 줄 것이다. 사람들은 서로 이질적인 존재들끼리 서먹해 하지만 자연은 다르다. 하나의 삶, 하나의 순환에서 그들은 일체이다. 그래서 오래된 벗 인양 아끼고 즐긴다. 나는 그들의 사귐이 부럽다. 그들의 재잘거림, 그들의 끝없는 이야기가 바스락바스락 들려 온다. 이 잔치에 함께하고 싶은 마음에 수북이 쌓여있는 그들의 무리 위로 달려간다. 사그락 사그락 그들의 소리를 듣는다. 이제는 잃어버린 마음 속 대지의 언어를 되돌리고 싶어서다.

그들의 수다에 끼이고 싶다. 그렇게 살며시 다가가면 그들만의 냄새와 그들만의 소리가 나의 자연을 일깨운다. '그래,

우리 인간도 이곳으로 돌아가겠지, 이곳으로 돌아가야지!' 노란 은행잎이 말한다. '나는 이제 즐거워. 자유인이거든.' 내가 묻는다. '혹시 너는 새 싹 시절을 기억하니? 신록인 때가 생각나?' 은행잎이 말한다. '물론이지, 그 때 나는 여렸고 싱그러웠지. 막 세상에 나왔을 때 신기하기도 두렵기도 했어. 조금 자라니까 두려움도 사라졌어. 그리고 정말 열심히 일했어.'

가을 잎이 대답한다. 아니야 봄과 여름이 그립지 않아! 이제 다시
자연의 품에 안겨서 새로운 삶을 계획할 거야.

'그럼 너는 그 때가 그립지 않아?' 잎이 대답한다. '결코 그렇지 않아! 이제 다시 자연의 품에 안겨서 새로운 삶을 계획할 거야. 아니, 그 전에 세상을 구경하러 돌아다닐 거야. 햇님과 바람과 곤충들이 들려 준 이야기들을 직접 경험하고 싶어. 새싹과 신록 때가 전혀 부럽지 않아. 나는 성공했어. 아이들을 다 키워서 독립시켰고 진짜 휴가를 누리고 있거든. 하지만 사람들은 단풍과 낙엽의 시절을 지내며 아쉽고 슬퍼하는 사람들이 많아. 신록 때를 하염없이 그리워하지.' 내가 대답했다. '사람들이야 그러는 게 당연할거야. 자연과 자연의 법칙을 잊은 지 오래거든.'

'글쎄, 난 사람들 마음을 모르겠어. 이 계절, 가을은 세상에서 최고인 걸! 겨울부터 봄까지 줄곧 가을만 기다렸어.' 낙엽은 나와의 대화를 멈추고 다시 이끼와 얘기 나누는 데 빠져들었다. 그들은 긴 여행의 끝에서 다시금 누군가의 양분이 되어줄 생각에 벅차다. '그렇지, 이런 가을이 있었네? 도대체 단풍이 신록을 부러워할 일이 있기나 해?'

나와 마주하는 시간

　가을만큼 사람을 설레게 하는 계절은 없다. 가을만큼 사람을 풍요롭게 하는 계절은 없다. 가을만큼 사람을 처절하게 하는 계절은 없다. 열매의 풍요와 만남의 풍요, 새로운 세상을 향한 설렘과 이별의 처절함이 공존하는 게 가을이다. 나목(裸木)을 향해 달리는 나무들은 지독하게 아꼈던 존재들을 버리고 그 흔적들을 지운다. 가을은 나의 벗은 몸을 마주하는 때이다. 나무가 나신(裸身)을 즐기듯이 우리도 자신과 마주한다. 아주 조용하게 아주 고독하게 나란 존재와 이야기를 나눌 시간이다.

가을에 우리는 방안에 머물 수 없다. 시시각각 떠나가는 나뭇잎들이 마음 문을 두들겨 대는 통에 신발 끈을 묶고 대문을 나서게 된다. 그 곳에 그들이 있다. 긴 날들을 쉬지 못하고 달려온 그들의 움직임을 가장 확연히 볼 수 있는 계절이다. 열매와 씨앗과 잎과 가지들이 온통 세상을 법석이게 한다. 이제 그들은 기다란 밤을 준비할 것이다. 그들의 밤은 조용하지만 시끄럽다. 아침에 할 일들을 마련하느라 그들이 푸근히 잠들지 못할 터이니.

발밑에 푹신한 잎들의 마중을 받으며 계절 속으로 들어간다. 제일 먼저 만나는 것은? 햇빛이다. 가을이 되어야 태양도 제대로 보인다. 봄과 여름의 햇빛은 너무 분주해서 제 모습을 챙기지 못한다. 지구 위의 수많은 생명들을 거두느라 숨차게 지내니까. 하지만 늦가을의 햇빛은 여유롭다. 들녘이 황금빛이고 햇빛도 우아한 빛이다. 햇빛은 그들의 업적을 뽐내듯 서서히 찬찬히 대지와 마주한다. 나는 그래서 늦가을의 태양이 좋다.

햇빛은 함께 놀 수 있는 친구들이 많아져서 정신을 못 차

식물과 춤추는 인생정원

린다. 어디에다가 레이저를 쏘아야 할지, 망설인다. 높은 가지에 달린 몇 안 되는 단풍을 비추어야할지, 가을에도 푸르름을 자랑하는 상록의 잎들에게 가보아야할지, 아님 붉게 물들어 반짝이며 자기가 세상의 주인이라고 외치는 단풍들에게 놀러가야 할지, 땅에 내려와 새로운 세상을 즐기는 낙엽들에게 시선을 돌려야할지… 그렇게 태양빛은 이곳저곳 쓰다듬어주기 바쁘다. 우리는 멈추어서 태양과 나무의 숨바꼭질을 지켜본다.

각도에 따라 달라지는 빛과 공기가 숨을 멎게 한다. 아름답다! 자연이, 그리고 그 자연 속의 사람들이! 하지만 태양은 바람의 질투에 밀려 황급히 고개를 넘는다. 바람도 가을에는 할 일이 많다. 가지에 달린 잎들을 떨구는데 힘을 보태야 한다. 이 가을에 그 일은 분주하다. 바람이 게으름을 떤다면 우리 모두는 새봄의 새잎과 꽃을 보기 힘들다. 한 해의 흔적을 벗어야 함이 나무의 숙명이고 이 일을 거드는 게 바람의 임무이다.

가지와 잎의 이별이 늦어질수록 나무는 힘이 부친다. 에너지를 많이 써야 하기 때문이다. 그렇게 되면 새봄에 새 것들을 피워 올리지 못할 위험도 있다. 늦가을의 한복판에서 나무들과 마주하며 생각해 본다. 내가 미련 맞게 집착하고 있는 건 무얼까? 새로운 세상과 만나지 못하게 나의 발목을 잡는 것은 무엇일까? 바람을 불러야겠다. 바람의 도움이 절실히 필요하다.

바람의 질투를 이겨내며 햇빛은 뜰에 머물고 가지에 속삭이고 잎에 입 맞춘다. 잎들은 태양의 키스를 받고는 가지를 떠나 살랑 내려앉아 대지와 만난다. 이제 땅의 차례이다. 땅은 열 달 내내 가지에 달린 잎들을 연모해왔다. 그들이 궁금해 미칠 지경이었다. 그런데 이제 계절이 달려와 잎을 만날 때가 되었다. 잎이 내려와 땅과의 진한 포옹의 시간이 열렸다. 감격스런 해후의 시간이다. 어떤 잎들은 땅과 오랜 시간 마주할 수 있고 어떤 잎들은 기약없는 이별을 바로 겪는다. 그리곤 어디인지 모를 곳으로 다시 떠난다.

이별과 만남, 만남과 이별…그 안에 깃든 풍요와 공허… 가을은 그렇게 우리에게 새로움을 선사한다. 가을의 한 가운

식물과 춤추는 인생정원

데서 다시 생각한다. 나의 인생의 계절은 어디인가? 나는 지금 무엇을 만나고 무엇과 헤어졌는가? 가을은 그렇게 우리에게 인생의 계절을 바꾸라고 한다. 어떤 것이 되었든 모두 만

태양과 바람과 대지의 도움을 받아 이제 한동안
나를 만나야 하겠다.

나라고 한다. 가진 것이 무엇이든 다 버리라고 한다. 나목이 되어 다시 태어나라고 한다. 모두 다 벗어던지고 자신과 마주하라고 한다.

그랬다. 계절을 달리면서 세상만 보았지 나를 볼 사이가 없었다. 태양과 바람과 대지의 도움을 받아 이제 한동안 나를 만나야 하겠다. 그렇게 가을은 내 안으로 들어왔다.

죽어서야 주는 것

씨앗이 익어가는 계절은 우리들에게도 기쁨이다. 푸른 잎이 알록달록 바뀌듯이 새파란 열매들도 옷을 갈아입는다. 익어가는 열매들을 보며 가을만이 주는 풍성함과 행복에 젖어든다. 어디 사람들뿐일까? 곳곳에 포진한 동물들도 열매들이어서 익기를 손꼽는다. 아마 놈들은 하루에도 몇 번씩 나무 주위를 어슬렁거리며 코를 들이댈 것이다. 가을은 그렇게 뭇생명들을 기대에 차게 만든다. 성숙과 변신이 교차하고 다채로운 색의 잔치들이 벌어지는 계절, 가을이다. 사람들 세상에서 가을은 이별과 통한다.

봄이 사랑의 시작을 알리고 여름이 정열을 보여준다면 가을은 단연, 이별의 시즌이다. 왜 그럴까? 아마도 식물과 관련이 있을 것 같다. 푸르렀던 잎들이 모체를 떠나는 낙엽의 풍경이 우리에게도 이별을 떠올리게 하지 않았을까? 그렇게 식물은 하나는 살리고 동시에 하나는 죽인다. 살아가면서 죽어가는 신비가 식물에게서 가능하다. 씨앗과 열매를 키우고 이들이 자라나면 부지런한 일꾼인 잎은 다른 세상으로 떠난다.

잎의 변신과 죽음은 우리 인간들에게 많은 것을 일깨운다. 어릴 적 예쁘게 물든 단풍잎을 한 장 한 장 책갈피에 끼워 넣었던 기억이 있다. 파란 잎을 따는 건 미안해도 붉어진 잎을 따는 건 마음이 허락했다. 얼마 전 책 정리를 하다가 소녀 시절 넣어둔 단풍잎을 보았다. 수십 년 전 그 잎을 따서 보관했던 나의 손길과 마음이 다가온다. 그 때는 미숙했지, 그저 아름다운 잎이라고 갖고 있고 싶었지. 아니면 다른 친구들이 다 그렇게 하니까 유행처럼 따라했던 거다. 문득 부끄러움이 밀려왔다.

부끄러움을 다시 책 속에 가두느라 화들짝 덮어 버렸다.

식물과 춤추는 인생정원

가을에 흔히 보는 그 작은 잎은 그 시절에도 지금도 내게 많은 걸 이야기 해준다. 그렇게 식물은 죽어서도 가르침을 준다. 우리는 어떻게 살고 있나? 사실 인간도 생명체인지라 식물처럼 죽음과 삶이 함께 진행된다. 하루를 더 살면 하루만큼의 인생이 차감된다. 살아가는 것은 죽어가는 것이 된다. 세포와 기관이 생생하게 활동을 하면서 동시에 노화가 진행된다. 우리는 에너지를 태워 조금씩 소진하면서, 살아가면서 죽어간다.

잘 영근 씨앗은 언제가 되었든 다시 죽어서 생명을 낳는다.

하지만 씨앗을 만들면 억울하지 않다. 식물의 씨앗이 열매이듯 우리도 마찬가지이다. 인간은 두 종류의 열매를 만들 수 있다. 생물학적인 열매와 문화적인 열매이다. 자녀와 후손이 생물학적 열매라면 생각과 마음은 문화적인 열매이다. 문화적 열매는 도처에 있다. 거창하게 보면 특정 문명일 수도 있고 조금 좁히면 예술가들의 작품일 수 있고 더 축소하면 가훈이나 좌우명이다. 개개인의 삶의 철학 또한 문화적인 씨앗과 열매가 된다.

돌아가신 조부모님과 부모님이 남기신 붓글씨 한 점, 살아계셨을 때 자손들에게 정성껏 쓰신 손 편지 한 장도 후손들에게는 맛있는 과육 속의 씨앗이다. 그 분들과 함께했던 시간과 기억들이 마음 속 깊이 가르침으로 다가온다. 식물들이 멋진 씨앗을 만들어 두었듯 위인과 영웅과 스승과 조상들 또한 우리를 위해 그것들을 남겨두신 거다. 우리는 모두 살아가면서 죽어가고 죽어가면서 살아간다. 그 비밀을 식물이 가지고 있다.

지금 내게 찾아든 햇살 한 점으로 아름답고 소중한 씨앗을 빚을 수 있다. 덜 익은 씨앗이 아니면 된다. 잘 영근 씨앗은 언제가 되었든 다시 죽어서 생명을 낳는다. 그래서 우리는 영차 영차 식물처럼 부지런하고 성실하게 하루를 산다. 사람이나 식물이나 죽어서 주는 것이 더 많다. 그래서 죽음도 아름답다. 삶과 죽음이 선명하게 교차하는 가을은 맑은 하늘만큼이나 지독하게 찬란하다.

나목(裸木)의 시절을 생각한다

　　나무는 사계절을 따라 다른 모습을 보여준다. 나무의 화려한 성장(盛裝)을 볼 수 있는 계절은 여름이다. 여름의 나무는 가장 화사한 잎의 빛깔로 자신을 연출한다. 다른 듯 같은 초록의 잎들은 나무의 전성기를 보여준다. 겨우내 세워둔 전략과 전술이 빛나는 시기이다. 어디에 얼마만큼의 가지를 키울 것인지, 잎을 낼 것인지, 그 계획에 따라 나무의 장년이 지속된다. 사람도 비슷하다. 어린 시절의 풍부한 영양과 정교한 관심이 제각각의 잎과 가지를 갖춘 개성과 자질을 길러낸다.

그렇게 나무나 사람이나 전성기를 지낸다. 전성기는 빛나지만 그 속에 감춰진 것도 많다. 벌레 먹은 잎이 있고 누렇게 뜬 잎도 있다. 절반쯤 부러지거나 상처 난 가지도 전성기의 나무 속에 공존한다. 사람도 그렇다. 위기와 역경을 헤치고 나가는 중년과 장년의 시기에 사람 또한 무수한 아픔과 상처에 직면한다. 겉으로 보아 그럴듯해 보이는 나무의 가지와 줄기와 잎에 수많은 흔적이 남아있듯이 사람도 자신이 미처 알아채지 못한 갖가지 세월의 흔적을 가지고 산다.

그러던 어느 날, 여름에서 가을로 가을에서 겨울로 계절이 건너가면 감추어둔 진실들이 드러난다. 나무가 옷을 벗을 시간이 온 것이다. 나무는 자신을 빛냈던 옷을 벗겨 다시 차연의 품으로 돌리고는 내밀하게 감추어졌던 가지와 줄기의 본모습을 서서히 내보인다. 이제 나목(裸木)의 시절이 온 것이다. 이 지점에서 나무의 희비가, 나무의 영욕이 엇갈린다. 그리고 이 시기에 사람들에게는 성적표가 매겨진다. 감추어진 것이 드러나는 시절이니까.

사람들은 대체로 두 가지를 추구하고 산다. 하나는 물질적인 자산이고 다른 하나는 정신적인 명예이다. 두 길은 멀찍이 갈라져 있는데 어떤 이는 아무지게도 둘 다를 원한다. 하지만 옛 현인들은 둘 다를 갖지 말기를 충고했다. 그 이유는 식물을, 나무를 보면 알게 되어있다. 봄부터 가을은 나무가 물질적 자산을 키우고 거두는 때이다. 자산 증식을 위해 나무와 식물은 꽃을 피우고 잎을 가꾸고 열매를 키운다. 초년부터 장년까지 식물은 갖은 영욕을 겪으며 자신이 원한 것들을 키워 거두고야 만다.

겨울은 나무가 명예를 갖는 시절이다. 자신이 어떤 존재인지 한껏 드러내어 만물의 시선을 당당하게 받는 시기이다. 깨끗하고 깔끔한 모습으로 자신의 정신적 명예를 뽐내는, 이제껏 숨죽여 가꾸어 온 나목의 진실과 아름다움을 보여주는 때이다. 사람도 그렇다. 지위와 재산과 권력과 부에 가려져 보이지 않던 본래의 모습을 드러내는 때가 있다. 무성한 잎, 그러니까 외적인 소유에 가려진 자신의 내적 인격이 고스란히 나타나는 시절이 있다.

보여주고 싶지 않아도 광선이 투과하듯 만인 앞에 정신적 명예 또는 불명예를 감당해내야 하는 시간이 온다. 국회청문회 같은 때이다. 장관이나 총리 후보자는 잎의 풍성함과 화려함으로 후보로 발탁되어 올려진다. 장년까지의 성과로 그들은 사람들의 관심을 끌어 모은다. 그러고는 진정한 지도자가 될 수 있는지의 시험대에 올라간다. 그런데 이 시험은 광선이 투과되는 장소이다. 그래서 그들의 무성함은 초음파 진단을 통하여 삽시간에 나목으로 탈바꿈된다. 언뜻 보면 모순으로 보인다.

겨울은 나무가 명예를 갖는 시절이다. 자신이 어떤 존재인지
한껏 드러내어 만물의 시선을 당당하게 받는 시기이다.

잎의 풍성함으로 후보를 추천하더니 난데없이 앙상한 가지의 수형으로 시험하다니! 하지만 이것은 매우 공정한 처사이다. 이제까지의 그들의 삶의 평가기준이 자산과 열매였다면 앞으로의 모습은 가지와 줄기의 나목의 수형을 검토하는 것이니까. 그렇게 우리는 지도자에게서 나목의 정신적 고귀함과 명예, 아픔의 상처와 기개를 살핀다. 살아온 과정이 아름다운지, 떳떳한지, 어떤 상처와 치유가 있었는지 본다. 나무의 수형처럼 그들의 자질을 살핀다. 어떤 이는 그저그런 잎을 지닌 듯 보이지만 반듯한 수형을 지녔다.

그들은 식물공화국을 정직하고 지혜롭게 잘 이끌 것이다. 어떤 이는 풍성한 자산과 공적을 뽐내지만 내밀한 모습은 뒤틀리고 변색되고 썩었다. 그 모습이 드러나면 자연스레 도태될 것이다. 대선이 얼마 안 남았다. 나라를 이끌, 식물공화국을 이끌 리더를 가릴 시기이다. 후보들은 자신에게 걸맞는 업적의 옷을 입고 있다. 하지만 우리가 볼 것은 무성한 잎과 열매가 아니다. 나목(裸木)의 생명력, 나목의 줄기와 가지의 모습, 자연인으로서의 그들의 내밀한 인격이다. 겨울나무를 바라보며 그런 생각에 잠겨 보았다.

식물과 춤추는 인생정원

보이는 게 다가 아니다

　늦은 듯 하지만 기다렸던 첫눈이 왔다. 사람들만 첫눈을 기다린 게 아니었다. 나무들도 눈을 만나려 가을부터 서둘러 옷을 훌훌 벗었다. 사람들이 잔뜩 껴입고 눈을 만난다면 나무들은 모두 벗고 눈과 만난다. 눈과의 만남 또한 나무 생의 재미이다. 빗물은 서둘러 땅으로 향하지만 눈송이는 얼마간 둥치와 가지에 머무른다. 얼마 전 잎들을 떠나보낸 가지들이 허허로운 마음을 달래고 있던 중 기다리던 손님들이 찾아왔다. 가지를 떠난 잎들은 땅위에 내려 앉아 눈과 비벼가며 다음 세대를 위한 거름이 되어갈 것이다.

가지들은 세 개의 계절을 함께하곤 떠나간 잎들을 내려다보며 이제 막 놀러온 눈과 이야기를 나눈다. 눈은 온 지구 구석구석을 돌아들어 숲의 이야기, 빌딩의 이야기, 지하세상의 이야기를 모아 왔다. 겨울나무가 흐뭇해지는 시간이다. 누가 '외로운 겨울나무'라고 했을까? 잎은 잎대로 가지는 가지대로 뿌리는 뿌리대로 휴식과 친교의 마당이 펼쳐지는 게 겨울이다. 인생도 마찬가지다. 가을에서 겨울의 기간은 수확과 정리, 휴식과 만남의 풍성하고 정겨운 날들이다. 물론 사람들이 이런 시기를 즐기려면 조건이 있다.

바로 나무처럼 식물처럼 살아야 한다. 나무처럼 묵묵히 부지런히 할 일을 하고 어떤 아픔과 손실이 있어도 이기고 살고 부당해도 불평하기 보단 견디며 사는 시간들이 전제된다. 가을은 영글고 베고 별리하는 때이다. 열매가 익고 씨앗이 여물 때가 되면 훌훌 떠난다. 가을은 감추었던 속내를 보이는 시기이다. 푸른 잎의 주범(?)인 엽록소 뒤에 숨겨졌던 보조색소들이 전방에 나서며 이별과 여행의 시간이 펼쳐진다. 노랑과 빨강은 이파리의 이면이다. 우리는 이 색깔들을 즐긴다.

식물과 춤추는 인생정원

변화는 신선하다. 초록으로만 있던 잎들이 다채로운 색으로 우리를 놀래킨다. 그렇다! 인생의 가을을 제대로 살리려면 우리도 그렇게 움직여야 한다. 달라져야 한다. 가을에서 겨울로 가면서 필요한 게 바뀐다. 친구도 달라진다. 생각도 달라진다. 살아가는 모습도 우선순위도 바뀐다. 초록에 가렸던 노랑과 빨강의 보조색소들이 전면에 튀어 나온다. 일하느라 바빠서 뒤로 미뤘던 소망과 꿈들이 솔솔 올라온다. 자, 이제 시작이다. 숨어 있던 본 모습을 드러내며 여행을 떠날 시기이다.

이게 가을이다. 언제보다 활발하게 누구보다 멋지게 일탈(?)을 한다. 잎들은 가지에서 떨어져 나와 옆 가지에 부딪쳐 보고 다른 잎들과 포옹도 한다. 땅위의 풀들과 탱고도 추어보고 사람들이 다니는 도로 위에서 계주도 펼쳐본다. 다른 나무의 잎들과 서로 뭉쳐 군무를 춘다. 호기심에 그들에게 놀러온 새들과 동물들과도 다채로운 축제를 벌인다. 그러다가 지치면 누군가의 거름이 되어주기 위해 긴 잠에도 빠져 본다.

사람들도 이런 가을이 어떨까? 중년을 넘어 가을로 들어오면 마음과 몸의 많은 변화를 본다. 섭섭하기도 서글플 수도 있다. 느낌과 생각이 달라지다보면 이런저런 고민에 들어간다. 봄여름에 비교하면 정말 많은 것이 변했다. 되돌리고 싶은 마음도 생기지만 그건 자연스럽지 않다. 나무와 식물이 가을을 회피하고 싫어하지 않듯 가을을 맞는 사람들에게도 새로운

나무와 식물이 가을을 회피하고 싫어하지 않듯 가을을 맞는
사람들에게도 새로운 삶의 태도가 필요하다.

삶의 태도가 필요하다.

'에세이'의 창시자 몽테뉴는 '수상록'에 다음의 말을 남겼다. "사건들은 바람처럼 휘몰아쳐 제멋대로 우리를 끌고 간다. 우리가 불안정한 태도로 흔들리면 혼란에 빠진다. 내가 나를 여러 가지로 묘사한다면 그것은 내가 자신을 여러 모습으로 보는 것이다. 부끄러워하고 오만하고, 정숙하고 호색하고, 수다스럽고 소심하고, 드세고 연약하고, 영악하고 멍청하고, 울적하고 쾌활하고, 박학하고 무식하고, 거짓말하고 정직하고, 인색하고 낭비하는 이 모든 것으로. 나는 내가 어느 시점에 있는지 그대로 알아본다. 누구든 자신을 세심하게 살펴보는 사람은 자기 속에 이런 모순과 충돌이 있음을 발견하게 될 것이다."

몽테뉴가 말한 '어느 시점'은 시시각각일 수도 있고 인생의 각개 계절일 수 있다. 그는 남들보다 좀 이른 시기에 가을로 들어갔다. 공직을 접고 은퇴한 후 자신의 성으로 돌아와 작은 다락방에서 내면에 숨겨진 갖가지 '보조색소'들을 찾으며 열매를 숙성하는 시간을 가졌다. 그는 자신을 들여다보고 내면으로 여행해 들어갔다. 무려 20여 년이었다. 그의 가을과 겨울은 풍성한 성찰들로 점철되어 많은 이들의 거름이 되었다. 그는 나무처럼 살았다.

우리는 우리의 가을을 준비할 권리가 있다. 그리고 우리의 겨울을 즐길 의무가 있다. 가을에서 겨울은 봄에서 여름과는 영 다르다. 외면도 내면도 환경도 모두 변했다. 이제 화려한 가을 겨울을 즐기자. 눈에 보이는 게 다가 아니다.

4부

정원,
하늘의
그림자

침략과 약탈

　새로운 밀레니엄이라며 들떠있던 2000년대 초반, 자연 속에 자리한 국가출연 연구기관에 근무할 때였다. 출근하여 연구실로 들어가는 데 계단에 평범한 거미가 길을 가로막고 있었다. 방안에 들어왔다면 호들갑을 떨었겠지만 밖에 있으니 그럴 일은 없었다. 거미는 나를 피하지 않았고 우리는 짧은 순간 대치했다. 그때 어떤 생각이 휙 지나갔다. '이 건물이 있는 땅은 본래 거미의 것이었구나!' 자연과 생태에 별 느낌이 없던 철없는 시절이었다.

어쩌면 거미가 나한테 그 말을 해주었는지 모른다. 잠깐 동안의 거미와의 만남은 내 마음 속에 남았다. 숲과 연못과 정원이 가득한 그 곳에서 항상 그 생각이 났다. 이 후에도 간간이. 이제는 먼 옛 이야기인데도 나는 거미와의 마주침을 잊기 힘들다. 20세기 초 미국 뉴욕 주의 작은 마을에 책이나 학교보다 숲에 매료된 소년이 있었다. 시간만 나면 숲을 쏘다니며 몇 시간이고 나무둥치에 기대어 동물들을 관찰하는 게 일이었다. 주말에는 하이킹이 일과였다. 머리 위로 날아오르는 새들은 지상의 존재가 아닌 것 같았다.

그들의 언어는 육중한 울림을 주어 소년의 가슴을 설레게 했고 소년은 소리만 들어도 무슨 새인지 구별할 수 있고 새들과 화답하게 되었다. 이 소년은 한 치의 머뭇거림 없이 코넬대학 조류학과로 진학한다. 그 곳에서 세계적으로 유명한 앨런 교수의 도움으로 조사와 실험을 반복하며 새 연구에 집중한다. 스승은 경제적으로 힘든 시기에 제자들이 공부를 계속할 수 있도록 교실을 숙소로 제공하는 분이었다. 이 청년, 제임스 태너는 스승의 인정으로 사라져가는 새, 흰부리딱따구리 탐사대의 일원이 된다. 그가 이 팀에 뽑힌 것은 어릴 적

숲의 체험이 원인이었다. 몇 시간이고 꼼짝 않고 동물들을 기다리고 관찰하는 인내심과 숲과 야생동물을 사랑하는 마음이었다.

흰부리딱따구리는 그 독특한 아름다움과 강렬한 매력으로 많은 사람들의 포획감이 되어왔다. 1924년에 조류학자들은 이 새가 이미 멸종했을 거라고 걱정했다. 흰 부리와 붉은 볏, 검은 색과 흰색의 날렵한 몸통은 사람들의 호기심을 끌기에 충분했다. 노랫소리도 특이해서 깊은 숲에 들어서면 쉽게 눈에 띄는 새였다. 19세기 말 여성들의 모자에 새의 깃털 장식이 얹히거나 새를 통째로 올리는 유행 덕분에 죄 없는 새들이 수난을 겪었을 때 이 새도 예외는 아니었다.

무참하게 포획되는 새들을 보다 못한 사람들이 조류보호협회를 만들었지만 새의 운명은 미지수였다. 제임스 태너는 미국 남부에서 이 새를 찾아 헤매며 관찰하는 데 젊은 날을 보낸다. 늑대와 악어, 독뱀과 모기의 위험을 감수하고 노력한 끝에 그는 흰부리딱따구리 전문가가 되고 이 새를 보호하여 멸종을 막는 제안을 한다. 다른 새들처럼 흰부리딱따구리의

식물과 춤추는 인생정원

운명 또한 숲과 하나였다. 북아메리카 대륙의 나무들이 앞다투어 남획되면서 새는 터전과 먹잇감을 잃어갔다.

수백 년 자란 신성한 나무들이 몇 분안에 도륙되어 통나무가 되었고 각종 나무제품이 되러 속속 숲을 떠났다. 태너와 조류보호협회가 숲과 새를 보호하려고 법률제정을 위한 마지막 초읽기에 들어갔을 때 설상가상, 인간들의 욕망 대충돌인 제2차 세계대전이 터졌다. 전쟁은 자연과 새와 숲을 거들떠보지 않았다. 전쟁에 필요한 군수품을 조달하려고 나무들은 더 많이 더 빨리 베였고 흰부리딱따구리는 이제 영원 속으로 사라졌다. 《사라진 숲의 왕을 찾아서(돌베개, 2015)》에는 마지막 순간까지 새를 보호하고 지키려했던 사람들의 헌신과 열정이 고스란히 담겨있다. 다른 종을 위한 마음이 따뜻하다.

근엄하고 당당한 자태로 숲의 왕의 위엄을 보여주었던 이 새는 이제 전설과 신화가 되었다. 인간에게 잡혀 호텔방에 끌려와서도 탈출을 위해 단숨에 시멘트벽에 구멍을 내고 인간이 주는 먹이를 끝까지 거부한 채 장군처럼 장렬하게 스러졌던 숲의 왕은 이제 표본과 사진과 녹음 파일로만 남았다. 한 때 이 새는 1미터 가량의 날개로 힘차게 비행하다가 순간적으로 내려앉아 나무에 강한 발톱을 박는 모습을 보여주어 사람들이 '하느님 맙소사(Lord God Bird)!' 라는 별명을 지어줄 정도의 야성적이고 인상적인 새였다.

죽은 큰 나무에 둥지를 틀고 굼벵이만 찾아먹는 까다로운 식성을 바꾸지 않은 이 숲의 왕은 인간의 무한한 욕심과

식물과 동물과 인간은 서로가 서로의 보금자리여야 한다.

식물과 춤추는 인생정원

생명에 대한 무감각과 무지로 이제는 사라지고 없다. 인간은 침팬지와만 친척이 아니다. 지구상 생명체와 유전자를 공유하고 있다. 인간 태아의 발생과 분열과정을 보면 여러 단계에서 어류, 조류등 다른 종들과 비슷한 모습을 볼 수 있다.

지구라는 모체에는 식물을 자궁으로 하여 별별 생명체들이 살아간다. 산 나무에 기대어 사는 종은 말할 것도 없고 생물체의 5분의 1(약 6,000여 종)은 죽은 나무에 기대어 산다. 인간도 전적으로 나무와 식물에 의지하여 산다. 그래서 지구상모든 생물종은 우리 인간의 친척이다. 이것은 부인할 수 없는 현실이다. 그런데 우리는 그것을 잊고 산다.

거미의 땅과 새의 나무를 우리는 모두 강탈했다. 우리 터전인 숲과 지구는 무지한 인간이라는 종 때문에 기형이 되어간다. 이제는 침략과 약탈을 멈추자. 친척들을 보듬어 함께 살아갈 때이다.

자연과 나누는 대화 속으로

최초의 정원이론서는 중국에서 만들어졌다. 명나라 때의 건축설계사이며 정원설계사인 계성(計成)이 지은 '원야(園冶)(1634)'이다. 계성은 본래 화가였다. 동양의 산수화는 자연을 그대로 담은 것은 아니다. 자연을 자신의 관점에서 해석하고 조명하여 일정한 화폭에 구현한 것이다. 작은 공간에 오밀조밀하게 배치한 하늘과 구름과 산과 강은 그리는 이의 마음과 느낌이 함께 담겨있다.

그림 한 구석에 자리한 작은 초가와 소 한 마리, 그 옆에

식물과 춤추는 인생정원

한가로이 누워있는 아이는 자연에 녹아든 인간 존재의 모습을 보여준다. 본연의 자세이다. 인간은 자연을 모태로 살아가기에 이 그림 속의 사람이야말로 자유롭고 즐겁다. '원야'의 야(冶)는 아름답게 조성한다는 뜻을 가지고 있다. 계성은 화가의 재질을 활용하여 정원을 꾸몄다. 자연을 종이에 축약한 것이 그림이라면 그 그림을 다시금 땅위에 옮긴 것이 동양의 정원이다.

자연을 인위로 다시 인위를 자연으로 돌려 순환시킨 셈이다. 그렇다면 어떻게 하는 것이 아름답고 곱게 만드는 것일까? '원야'에는 몇 가지 정원꾸미기의 원칙이 나오는데, 가장 핵심적인 것이 '사람이 만들었지만 하늘로부터 개창된(비롯된) 것처럼 하라'는 원칙이다. 거칠고 불규칙적인 자연을 모방하여 자연적 아름다움을 재현하는 것이 정원만들기의 관건이다.

인간의 창조성과 천재적 기법으로 자연을 축약하고 복제하지만 그러한 인위성을 감쪽같이 숨겨버리는 방법이다. 그렇게 꾸며놓은 정원은 작위가 없고 정해진 격식 또한 없다. 그것을 구원무격(構園無格), 자연적 불규칙성의 아름다움의 재현

이라고 한다. 그러한 정원을 만들기 위해 동양인들은 차경(借
景)을 활용했다. 차경이란 외부풍경을 빌려와서 내부풍경을
아름답게 꾸미는 기법이다.

나와 자연과의 대화의 과정, 끝나지 않을 이야기의 향연이
벌어지는 곳이 정원이다

식물과 춤추는 인생정원

옛 한옥의 뒷문을 열면 바깥풍경의 미(美)가 집안으로 밀려들어오듯 보인다. 외부의 것은 원래 나의 것이 아니지만 이와 같은 방식으로 내 것인 양 가져다 즐길 수 있다. 여기에서 끝이 아니다. 동양의 정원과 경치는 곱씹을 수 있는 의미를 우리에게 제공한다. 이것을 의경(意境), 의미의 경지라고 한다. 자연과 정원에서 우리는 심상을 일으키고 관념을 완성시킨다. 의경이란 상(象)을 초월하여 상 바깥의 의미를 만들어내는 일이다.

그렇게 하여 상징적 형상과 정취를 결합하는 것이다. 글(문자)은 말로 하는 의미를 다 담을 수 없고 말은 자신이 전달하려는 뜻을 다 표현할 수 없다. 그래서 우리는 어떤 상을 만들어서 뜻을 그 안에 담는다. 그래서 상에는 도(의미)가 담겨 있다. 《역경》에 나오는 64개의 괘는 모두 자연의 모습을 담은 상(象)이다. 그 상들에서 교훈과 의미와 자연과 인생을 본다. 정원도 그러하다. 내가 만드는 정원은 나의 글과 말과 뜻과 의미의 총화이다. 바로 그 땅에서 있음직한, 벌어질 만한, 끊이지 않는 이야기가 펼쳐지는 곳이다.

정원사는 땅에게 말 걸어 그 땅이 하고 싶은 말과 상(象)을 이끌어낸다. 이것이 인차(因借)의 과정이다. 인차란 인지(因地), 즉 땅을 따르는 것이다. 그렇게 우리는 자연에게 묻고 자연과 정을 들인다. 나와 자연과의 대화의 과정, 끝나지 않을 이야기의 향연이 벌어지는 곳이 정원이다. 길고 긴 대화를 거쳐서 우리는 정원을 일군다. 정원은 우리에게 먹을 것과 볼 것과 생각할 거리를 제공한다.

지난 겨울 가지치기를 잘못한 살구나무는 어정쩡하게 불균형한 모습을 보여준다. 되잡아야겠지만 새 가지가 나와서 자랄 때까지, 적절한 순간까지 기다려야 한다. 길 한 모퉁이에서 죽어가는 명자나무를 데려다가 몇 년을 정성들였더니 어느새 팔팔하게 살아나 마음을 밝혀준다. 명자를 볼 때마다 생각한다. 포기하지만 않으면 생명은 자신을 구가하는구나!

정원사는 자연에 홀려서 자연으로 걸어 들어간다. 자연은 그를 감동으로 맞이하고 교훈으로 안아준다. 모든 상에는 의미가 담겨있다. 오늘 내가 만난 자연과 정원에도 지치지 않고 끝나지 않을 생명의 가닥들이 반짝인다. 최고의 자연은 정원이고 최고의 정원은 나 자신이다. 초겨울, 추운 겨울나기를 계획하며 정원과 나는 하나가 된다. 눈 한 번 감았다 뜨면 봄이다. 그 때를 바라며 우리는 정경(情景)을 즐긴다.

천명, 식물다운 지도자

초여름의 하늘은 가을하늘만큼이나 예쁘다. 생명을 온통 잠 깨우느라 바쁜 봄이 지나서일까, 초여름에 들면 하늘은 잔잔한 기운이 돈다. 땅은 어떤가? 땅도 봄에 새로운 시작을 도모하느라 몸살을 치르고 나서 안정기에 들어서는 계절이다. 바람은 할 일이 많다. 바람이 중매해 줄 식물들이 만만치 않은 탓에 봄바람도 거세고 여름바람도 드세다.

우리 인간은 이 사이에서 말이 많다. 봄볕은 왜 이리 따가운가. 바람은 변덕스럽다는 둥 하늘과 땅이 우리를 위해 일하는 양 착각을 한다. 올해는 인간도 분주한 해이다. 4월 한 창 봄일 때 대통령을 뽑았고 6월 초여름에 전국 방방곡곡에서 일할 대표들을 선출했다. 일찌감치 투표해놓고 산천을 즐기러 떠난 사람들도 많지만 아무튼 이번 봄에서 여름까지는 식물에게나 우리에게나 다사다난한 때이다.

옛 조상들은 백성들을 위한 일꾼(왕)은 하늘이 정해준다고 생각했다. 가장 선한 사람을 골라서, 가장 덕이 많은 사람을 선택해서 일꾼으로, 대표로 삼는다고 생각했다. 그래서 지도자에 대한 믿음도 아주 컸다. 지도자는 하늘에 의해 뽑힌 사람이고 하늘의 뜻을 받들어서 백성을 돌본다. 그렇다면 '하늘'은 무엇인가? 하늘은 바로 '자연'이다. '저절로 그러한 것'이 자연이다.

지도자는 자연을 닮아 '저절로 그러한 사람'이다. 백성을 저절로 아끼는 사람이다. 그런데 이 사람이 변질되면 하늘은 그를 내친다고 옛 사람들은 믿었다. 그는 하늘이 아들로 삼은 천자(天子)인데 아버지(하늘)와 다른 짓을 하면 아버지의 아들 자격을 자동으로 상실한다. 친자가 아닌 양자이기 때문이다.

하늘의 아들인 왕(지도자)은 하늘이 식물을 기르고 살리듯이
백성을 부족함 없이 양육해야 할 사명이 있다.

식물과 춤추는 인생정원

그래서 맹자는 폭군은 이미 천자가 아니므로 그를 죽여 내친다고 해도 아무 상관이 없다고 했다.

그래서일까, 조선의 왕들은 가뭄이 들거나 홍수가 나면 베옷을 입고 거적 위에 앉아 폭우 속에서 또는 뙤약볕 속에서 하늘의 돌봄을 빌고 또 빌었다. 자신의 안위는 돌보지 않은 채로. 가뭄이나 홍수가 다름 아닌 자신의 잘못으로 인한 것이라 굳게 믿었기 때문이다. 자신의 악행으로 하늘이 자신을 버린 것이라 생각했기 때문이다. 이것은 왕과 백성 모두가 공감하는 사실이었다.

도대체 하늘의 마음, 하늘의 뜻이 무엇 이길래? 그 답은 식물에 있다. 알고 보면 하늘의 뜻은 식물을 기르는 것이다. 봄의 강렬한 햇빛, 여름의 시원한 빗줄기, 가을의 따가운 햇볕과 겨울의 매서운 추위는 모두 다 식물을 위한 것이다. 식물이 싹을 내고 꽃을 피우고 잎을 키우고 씨앗을 만들고 종국에는 그 씨앗들을 세상에 내보내는 이 모든 과정을 관장하는 것이 하늘의 일이다.

사람의 일을 이야기하다가 왜 갑자기 식물인가 하고 의아할 수도 있지만, 그것이 하늘 본연의 임무이므로 이것은 변경될 수 없는 진리이다. 그렇게 식물을, 생명을 키우고 또 키우는 하늘의 넉넉한 배려와 땅의 푸근한 품은 우리 인간에게도 그대로 적용된다. 인간 또한 생명임에 다름이 없기 때문이다. 인간이 나고 자라고 죽는 전 과정은 식물과 다를 것이 없다.

그래서 하늘의 아들인 천자, 왕, 지도자는 하늘이 식물을 기르고 살리듯이 백성을 부족함 없이 양육해야 할 사명이 있다. 이 사명이 어그러지거나 부족하면 그는 하늘에게서 버림받는다. 가장 하늘을 닮은 자, 가장 자연스러운 자, 가장 식물다운 사람이 지도자가 되는 이유이다.

이것은 우리 개개인에게도 적용될 수 있다. 나는 바로 '나의 지도자'이기 때문이다. 내가 나의 삶을 잘 이끌려면 식물처럼 살면 된다. 식물처럼 풍성하고 식물처럼 단호하고 식물처럼 지혜롭고 식물처럼 아름답다면 나는 천명을 이룰 수 있다. 하늘과 하나가 되어 식물처럼 충족한 삶을 누릴 수 있다.

하늘과 땅을 품고서

유럽에 중국 열풍이 불던 시절이 있었다. 17세기에서 18세기에 걸쳐 영국, 프랑스, 독일, 스위스 사람들은 중국문화에 열렬한 지지를 보냈다. 그들은 공자의 민본 사상에 도취되었을 뿐 아니라 비단과 도자기 같은 고급스런 중국 물건들을 애호했다. 유럽인들이 지금은 아닌 척 시치미를 떼고 있다 해도 당시 중국 열풍의 큼직하고 엄연한 증거로 남은 것이 바로 정원이다.

근대적 영국정원은 중국으로부터 기원했다. 대표적인 중

국풍 건축정원은 영국의 큐 가든으로, 체임버스가 '공자의 일생'을 그린 패널 및 10층 파고다 부속건물을 만들었다. 이후 이 파고다는 유럽 전역으로 퍼졌다. 네덜란드의 헤트 루 가든의 탑, 남프랑스 루아르 주의 샹텔루 가든의 탑, 독일 뮌헨의 영국식 정원(Englischer Garten)의 목제탑 등이다. 특히 독일의 영국식 정원은 중국의 원명원을 모델로 했고 약 2년여의 공사를 거쳐 만들어져 1792년에 개방되었다.

이 정원은 현재 카페로 운영되는 5층의 중국식 목조 파고다가 남아있는데, 전체적으로 기하학적 정원개념이 아닌 자연을 살린 중국적 양식으로 만들어졌다. 중국정원 양식은 이처럼 18세기 영국정원과 유럽정원의 발전을 이끌었다. 중국정원 이론서의 고전은 1634년에 발간된 계성(計成)이 집필한 〈원야(園冶)〉이다. 명나라 때 건축 및 정원설계사였던 계성의 이 책은 세계 최초의 정원 이론서로 명성이 높다. 1993년 김성우, 안대회 두 학자의 공들인 번역으로 한국에 소개되었다.

〈원야〉에 나타난 정원 조성의 4대 원칙을 보면 정원설계사 우위 원칙, 자연모방 원칙, 차경의 원칙, 산수화의 원칙이

식물과 춤추는 인생정원

다. 이 중 첫 번째 원칙에 집중하여 보자. 정원설계사 우위 원칙은 설계사의 역할이 강조된다. 집을 지을 때는 7할의 책임이 있지만 정원은 9할이 설계사의 몫이다. 그 이유는 설계사만이 인차(因借)에 능숙하기 때문이다.

인차(因借)의 인(因)은 주어진 지형의 변혁과 개조를 최소한으로 하여 생긴 그대로 정원의 일부로 만드는 활용법으로 인지(因地), 즉 땅(지형)에 기인함을 말한다. 차(借)는 주변 경관을 차용하여 정원의 풍경을 아름답게 하는 차경(借景)이다. 이 두 가지 기본적인 원리를 제대로 사용할 수 있는 설계사(조원사)의 기량이 요구된다. 〈원야〉가 말하는 조원사의 능력은 '인생정원'에도 가장 중요하다.

인차(因借)의 첫 번째 요소인 인지(因地)는 내가 지닌 성향과 특성이다. 그 안에는 심성, 적성, 취향, 능력 등이 있다. 다른 것으로 대체될 수 없는 바로 식물의 씨앗과 같은 것이다. 사람들을 살피면, 누구는 평평한 대지이고 누구는 협곡이다. 어떤 이는 마른 땅이고 어떤 이는 질척거리는 땅이다. 사람마다 마음 밭이 다르니 자신의 정원을 설계할 때 그 특성을 잘 알아차려야 한다. 그것이 주체성이고 자기 확신이다. 평야가 좋아 보인다고 높은 언덕을 깎아 내릴 필요가 없고 축축한 땅이 부럽다고 물을 길어 붓는 것은 어리석음이다.

대다수의 심리학자들과 성공학 전문가들은 사람마다 '자기 확신'이 성공의 열쇠라는 데 동의한다. 이 자기 확신은 매

인생정원의 차경법은 기억을 약화하고 하루하루 시시각각의 새로움에 집중하는 것이다.

일 경험하는 일상에서 온다. 누구나 자신이 매일 하는 일이나 집에 가는 길은 확실하게 안다. 여기서 한 단계만 더 나아가면 이 확신을 기반으로 한 새로운 시도가 가능하다. 첫 발자국이 중요하다. 예측할 수 없어서 실패가 두려우면 자신의 땅, 마음 밭(땅, 지형)을 들여다보고 한 번 더 자신을 믿어야 한다.

인차(因借)의 두 번째 요소인 차경(借景)은 아름다운 정원을 만들기 위한 주변 풍경 탐색이다. 조화와 어울림은 동양의 지혜인 '중용'과 '중화'와도 통한다. 그래서 중국과 한국은 차경을 정원 조성의 최고 원칙으로 활용한다. 억지로 꾸미거나 정해진 격식이 없는 이 원칙은 정원이 처해있는 주변 풍경을 최대로 따르고 수용함으로써 가장 자연스러운 '자연'이 된다. 식물이 자라날 때 처해진 환경에 어우러져 사는 것과 같다. 식물이나 동물이나 인간이나 주변 풍광(환경)에서 자유롭지 못함이 현실이므로.

그래서 그 현실에서 '현재'를 산다. 그런데 인간은 좀 다르다. 두뇌가 발달한 인간은 감각이나 촉보다는 기억의 저장에 의존하는 경우가 많다. 잘 살아남으려면 '지금' '현재'에 투

철해야 하는데 두뇌 덕분에 과거와 미래에 더 집중해 버린다. 현재 지닌 것의 소중함과 귀함을 모른 채, 없거나 잃어버린 것을 기억하고 상상한다. 그렇게 우리는 차경을 무시하는 어리석음을 보인다. 인생정원의 차경법은 기억을 약화하고 하루하루 시시각각의 새로움에 집중하는 것이다. 상상력을 눌러 미래를 걱정하거나 꿈꾸지 않는 것이 비결이다.

유럽인들은 왜 중국정원에 심취했을까? 자연을 살린 자연스러운 정원 속에서 자연처럼 평안하게 지내고 싶은 마음이 아니었을까? 누구나 자신의 정원을 가지고 평생 그 정원을 가꾼다. 가장 화사하고 아름답고 귀한 것들로만 꾸미고 싶은 그 정원은 치밀한 계획과 설계가 필요하다. 우리 각자는 인생정원의 설계사이다. 9할은 우리 몫이고 1할은 행운의 몫이다. 인차(因借)의 대원칙을 새기며 인생정원을 꾸며보면 좋겠다.

아내는 어디에 있는가

아내가 죽었는데 북치고 노래하는 사내가 있었다. 조문하러 온 친구가 기가 막혀 물었다. "자네, 해도 너무 하는 것 아닌가? 함께 슬픔과 기쁨을 나누며 긴 세월 살아온 자네 아내가 저세상으로 갔는데 통곡은 못할지언정 노래를 부르다니!" 친구의 분노는 극에 달했다.

사내는 그 말에 싱긋 웃으며 말했다. "친구, 사랑하는 아내가 죽었는데 내가 왜 슬프지 않겠나? 나도 처음에는 어찌할 바를 몰랐다네. 그러다 문득 생각해 보았지, 아내는 어디로 갔는지, 그리고 그녀는 어디에서 왔는지. 그래, 아내는 이제 이 세상에 없어. 나는 더 이상 그녀를 볼 수도 만질 수도 없지. 헌데 애초에 그녀는 어디로부터 왔을까? 아무 것도 없는 데서 생겨났지. 하늘과 땅 사이, 그 빈 공간에서 아내는 생겨났어, 그리고 이제 그녀는 다시 그 곳으로 돌아갔을 뿐이라네. 그런데 내가 뭐 울고불고 할 것이 있나?" 이 사내는 바로 자연주의 사상가로 알려진 중국의 장자이다.

장자의 아내가 장자보다 먼저 가지 않았다면《장자》의 이 소중한 구절은 기록되지 못했으리라. 장자의 통찰은 어디에서 비롯했을까? 아마도 이 가을이 아닐까? 장자의 아내는 가을날, 황화되어 지는 낙엽 속에서 생을 갈무리한 것이 아닐까? 숨이 진 아내의 시신을 잡고 애통하던 장자는 시선을 밖으로 돌렸다. 마당에는 떨어진 잎들이 수북이 쌓여있고 나뭇가지는 앙상하다. 봄 여름 그 푸릇하고 청량했던 나뭇잎의 모습은 어디에도 없다. 그들은 다 어디로 갔을까? 그들은 모두 어디에서 왔을까? 가을날의 낙엽과 나무가 어우러져 우리 마음을 두드리는 이 이야기가 만들어졌다는 생각이 든다.

식물과 춤추는 인생정원

이별을 좋아하는 사람이 누가 있을까? 헤어짐은 슬픔이고 아픔이다. 잎과 나무의 이별 때문인지 사람들 세상에서도 가을은 우수의 계절이다. 이별의 시와 노래가 넘친다. 가을은 갈무리와 정리의 계절로 인식된다. 그래서 우울하고 쓸쓸하다. 어쩔 수 없이 물리적으로 떨어져야 하는 이별은 아프다. 영화나 드라마는 공항에서 헤어지는 사람들을 보여준다. 공항의 이별이야 어찌할 수 없다 치고, 사랑하는 사람의 마음이 변해서 헤어져야 하는 마음은 또 얼마나 시린가! 시월에 접어들자마자 '시월의 마지막 밤'이란 전설적인 노래를 떠올리는 건 가을이 원치 않는 별리의 시기라는 걸 암시한다.

하지만 식물의 이별처럼 화려하고 웅장한 건 없다. 산이 대부분인 우리는 가을 단풍이 곳곳에 자리한다. 낙엽처럼 바삭하게 건조된 마음을 붉은 단풍으로 덮히려고 우리는 산에 간다. 그 곳에는 식물들, 나무들의 합창이 있다. 찬란한 이별의 오케스트라가 울리고 울린다. 성공(열매)을 자축하는 불꽃놀이가 웅장하다. 폭죽이 한 번 터질 때마다 잎이 하나씩 떨어진다. 이별은 새 생명을 준비한다. 땅 위에 떨군 잎은 나무의 양분이 된다. 낙엽의 바스락거림조차도 우리들 마음에 양분이 된다. 열매들과 어울린 낙엽은 함께 다음 생을 약속한다.

세상 어느 이별이 이처럼 아름다운가, 세상 어느 이별이 이보다 값진가! 하늘과 땅 사이에서 식물은 마감과 시작을 한다. 붉고 노랗게 열정과 사색으로 온 세상을 점령한다. 그래서 우리 마음은 가을마다 낙엽으로 흔들리며 춤춘다. 낙엽처럼 땅으로 향한다. 식물들에 취해서 그들에게 반해서 우리는 흐느적거린다. 이별을 두려워하지 말라고 그들이 말한다. 이별은 귀하고 꼭 필요하고 멋진 일이라고 노래한다. 이별을 위해 그들이 얼마나 애썼는가, 길고 긴 계절을 바로 이 순간을 위해 달렸다.

우리의 값진 이별을 위해 그들은 세상을 오롯이 물들인다. 장자도 이 말을 들었다. 이 노래와 색채를 맛보았고 어디에선가 낙엽을 태우는 냄새를 맡았다. 그리고 봄에 올라온 연초록 잎을 떠올리고는 만사만물의 시작과 끝이 두 개가 아님을 깨달았다. 이제 아내도 낙엽처럼 다시 자연 속으로 돌아간다는 걸 알아냈다. 그래서 쓰린 마음을 달래려고 노래를 불렀다. 모든 것이 무(無)에서 시작하고 무(無)에서 끝나듯 영원한 이별도 영원한 만남도 없음을 노래했을 것이다.

식물은 스승이다. 빼어난 미모의 지혜로운 스승이다. 그
들은 우리에게 이별을 공부시킨다. 낙엽처럼 무수한 이별들…
이별하지 않으면 만남이 없다. 끝이 없으면 시작도 없다. 그래

아무것도 없는 데서 생겨나서 다시 그 곳으로
돌아갔을 뿐이라네.

서 그 무엇과 그 누구와 헤어지더라도 그것은 아름다운 것임을, 꼭 필요한 것임을 우리에게 말한다. 구르는 낙엽이 보이면 한 장 집어 들고 말을 시켜 보자. 그의 짧지 않은 사연을 들으며 이 가을, 화려한 이별에 흠뻑 취해 보자.

식물과 춤추는 인생정원

식물, 행복나라의 초석

　사람이 되고 싶은 곰이 있었다. 하늘왕자가 만든 이 땅의 나라에서 사람의 모습으로 살고 싶은 곰이 있었다. 하늘왕자에게 가서 그 소원을 말하니 동굴에서 햇빛을 보지 말고 거의 굶으며 지내라고 한다. 죽기를 각오하고 혹독한 통과제의를 거친 곰은 사람이 되었다. 하지만 거기서 끝이 아니었다. 곰은 사랑스런 아들을 둔 엄마가 되고 싶었다. 곰여인(웅녀)은 이번에는 나무(신단수)를 찾아갔다. 하늘과 땅의 중간에 솟은 산, 그 산 위에서 하늘과 가장 가까운 이 나무는 바로 하늘왕자가 강림한 그 자리였다.

웅녀는 그 나무 아래에서 다시금 자신의 소원을 빌었다. 사람이 되고 싶은 소원은 하늘신에게 빌었지만 엄마가 되고 싶은 바람은 나무신에게 빌었다. 그녀는 성공했고 단군이라는 아들을 얻었다. 대한민국 최초의 건국신화에 나오는 나무 이야기이다. 나무의 신성성은 동양과 서양 가릴 것 없이 사람들의 기원의 대상이었다. 나무들은 신들이 거처하거나 드나드는 곳으로서 수호신들의 은신처로 신성화되었다. 나무를 자르거나 해치는 행위는 비난받았다.

성서에도 나무를 보호하는 금지사항들이 있다. 구약에 나오는 부족과 전쟁의 신 야훼는 다른 성읍을 정벌할 때 나무만은 건드리지 말라고 했다. 나무는 열매를 주기 때문에 남겨두어야 한다고 강조했다. 야훼 스스로도 자신을 푸른 잣나무라 지칭하며 자신의 풍요의 원리를 잣나무 열매로 표현했다. 동양의 성인 공자도 시(詩)를 통해 새와 짐승, 풀과 나무의 이름을 많이 아는 것이 중요하다고 제자들에게 말했다.

인간이 자연과 어울려 살던 그 시절에 동물과 식물을 챙기고 인식하는 것이 중요했기 때문이다. '자연'이라고 불리는 동물과 식물들은 사람들의 삶의 터전이고 근간이었으므로 아끼고 보호해야 했다. 공자의 제자 맹자는 나라살림에서 중요한 원칙들을 다음과 같이 이야기했다. "농사철을 어기지 말고 제 때에 각각 필요한 일을 할 수 있게 할 것, 산과 숲의 나무들을 아무 때나 베지 못하게 할 것, 촘촘한 그물로 어린 물고기를 잡지 못하게 할 것."

현대적으로 보면 농업과 임업 정책이다. 이와 같은 기본 사항을 지키지 않으면 가을에 거둘 곡식이 없고 산림은 헐벗고 물고기들은 씨가 마른다. 자연의 황폐화는 나라의 패망을 부른다. 그래서 옛 성군들은 겨울이 되어야 토목공사와 같은 부역을 시켰고 열매와 잎이 다 떨어진 늦가을이 되어야 나무를 베는 것을 허용했다. 먹고 입고 자는 모든 것을 나무와 식물에 의지해야 하므로 이 원칙은 매우 중요한 것이었다.

동양의 오래된 역사책인 〈서경〉에는 풀과 나무가 태양을 향하여 자라나는 것을 '하늘의 뜻(천명)'이라고 했다. 하늘이 원하는 것은 땅 위의 사람들이 흐뭇하고 행복하게 사는 것이다. 풀과 나무가 태양빛을 받아 쑥쑥 자라나듯이 사람들 또한 생명을 누리며 즐기고 살아야 한다. 백성들의 행복을 원하고 바라는 이 '하늘의 뜻'을 이해한 동양의 현자들은 나라의 패망을 나무뿌리가 끊긴 것에 비유했고, 새로운 시대의 시작을 쓰러진 나무에 싹이 나는 것으로 보았다.

인류가 만든 최적의 공동체인 국가의 생멸을 다름 아닌 나무의 생장과 죽음으로 본 것이다. 이러한 기록들은 나무와 식물이 생태계의 중심이 되고 인간과 동물에게 아낌없이 주

풀과 나무가 태양빛을 받아 쑥쑥 자라나듯이 사람들 또한
생명을 누리며 즐기고 살아야 한다.

는 존재라는 것을 충분히 알고 있었음을 보여준다. 나무는 나라의 근간이 되고 식물은 일상의 필수요소가 된다. 과학과 기술을 자랑하는 현대인들도 식물과 자연의 소중함을 깨달아 전 지구적으로 '생물다양성협약'을 맺었다.

생물다양성(Biodiversity)이란 지구상의 생물종(Species)의 다양성, 생물이 서식하는 생태계(Ecosystem)의 다양성, 생물이 지닌 유전자(Gene)의 다양성을 총체적으로 지칭하는 용어이다. 1992년 리우의 지구정상회담에서는 150개 국가가 모여 머리를 맞대고 식물과 동물, 미생물, 생태계의 생물다양성이 인류와 식량 안전, 의약품, 대기, 수질, 거주지 및 건강한 환경에 필수적임을 합의했다.

이 합의의 기저에는 오존층 파괴, 기후온난화, 개발에 따른 서식환경의 악화, 남획·천적의 영향에 따른 생물종 및 생태계 파괴 등 지구환경문제에 대한 세계적 인식의 확산과, 모든 생명체는 인간과 무관하게 근원적으로 그 존엄성이 인정되어야 한다는 'UN 자연헌장'이 밑받침되었다. 생물다양성이 줄어든다는 것은 인류의 문화와 복지뿐 아니라 생존을 위협하는 요인이 된다는 것에 동의한 결과이다.

인류는 예로부터 의약품을 생물다양성의 구성요소로부터 얻어 왔다. 현재 미국의 경우 조제되는 약 처방의 25%가 식물로부터 추출된 성분을 포함하고 있고 3,000종류 이상의 항생제를 미생물에서 얻는다. 동양 한약재도 5,100여 종의 동식물을 사용하고 있다. 생물다양성의 소중함은 먹거리를 담당하는 농업에서 확연하다. 육종가와 농부들은 생산력을 늘리기 위해 유전적으로 우수한 품종들을 교배하여 유전적 다양성을 꾀하여 왔다.

공자가 제자들에게 조수(鳥獸)와 초목(草木)의 이름을 많이 알아야 한다고 가르친 것은 바로 이 '생물다양성'의 중대함을 깨우친 것이며, 맹자가 농업과 임업 정책을 국가의 근간으로 내세운 것도 나무와 식물이 행복국가의 기반임을 설파한 것이다. 우리 대한민국의 기원인 단군의 나라 또한 나무(신단수)의 가호 아래 시작되었다. 개인이든 국가든 인류공동체든 간에 행복은 나무와 식물에서 온다.

자연인 듯, 인공인 듯

　　18세기 중반 영국에는 정원논쟁이 뜨거웠다. 자연주의자
루소가 정원에서 모든 인위적이고 예술적인 요소들을 추방하
자는 주장을 한 데 대하여, 루트비히 운쩌는 정원의 기능을
이야기하며 논박한다. 루소는 '자연으로 돌아가자!'는 관점에
서 자연과 예술을 조화시킨 중국풍 정원을 소박하지 않다고
못 마땅히 여겼다. 하지만 루트비히 운쩌는 '중국정원론(1773)'
을 통해 정원이란 자연 전체를 보는 곳이 아니고 제한된 공간
안에서 세밀하게 자연의 아름다움을 향유하는 장소라고 응수
했다.

사실 이러한 논변은 17세기 말에 이미 싹트고 있었다. 영국에서 중국 정원을 최초로 소개한 사람은 윌리엄 템플(William Temple, 1628~1699)이었다. 그는 '에피쿠로스의 정원, 또는 조원에 관하여'(Upon the Gardens of Epicurus, or of Gardening, 1685)에서 중국식 조원론을 피력했다. 영국인들의 건물과 식목은 일정한 비례와 가지런한 대칭성에 있지만 중국인들은 불규칙적인 아름다움을 선호한다고 소개했다. 중국의 아름다움은 쉽사리 알아차릴 수 없는 신비로운 배열 속에 감추어져 있고 그 멋스러움은 굉장해서 한 눈에 척 알아보고 느낄 수 있다는 것이다.

그는 이러한 중국식 조원은 매우 고도의 기술을 요구하므로 섣불리 시도하다가 되레 정원을 망치지 말라고 덧붙였다. 하지만 이 금지조항 때문에 후대의 야심적인 조원사들은 중국식 정원의 미감을 영국에 확산시키게 된다. 윌리엄 템플은 1660년대에 네덜란드에 외교관으로 있던 시절에 호프비크(Hofwijck)정원에서 중국식 아름다움을 감상한 적이 있었다. 그가 본 정원의 아름다움은 '비대칭의 대칭성'이며 '부조화의 조화성'이고 '불규칙의 규칙성'이었다.

식물과 춤추는 인생정원

이러한 중국식 조원의 대표작은 근대적 영국정원인 큐가든(Royal Botanic Garden, Kew)으로서, 이 안에 '공자의 인생'을 그린 패널과 10층 파고다로 꾸민 부속건물을 세웠다. 이후에 중국식 영국정원은 유럽에 퍼져나가 뮌헨의 엥을리셔 가르텐(영국식 정원)에 중국식 목재 탑(Chinesischer Turm)이 세워졌다. 독일 카셀의 빌헬름스회에(Wilhelmshöhe)정원에는 아예 중국 마을을 꾸밀 정도였다.

중국정원에 대한 관심은 1750년대 내내 커져서 1757년 윌리엄 체임버스(William Chambers)의 '중국건물의 디자인(Designs of Chinese Buildings)'에서는 중국 정원의 풍경을 유형화하여 설명할 정도였다. 체임버스는 중국 광동에 가서 직접 중국의 디자인들을 배워왔다. 그는 중국 정원의 완벽성을 풍경의 다양성이라고 소개하면서 황홀한 풍경, 공포스러운 풍경, 즐거운 풍경으로 구분했다. '황홀한 풍경'은 인공기술을 활용하여 낭만적 분위기를 연출하는 것이다. 급류, 여울, 동굴과 굉음을 활용하고 갖가지 나무와 풀과 꽃들을 도입한다. 복잡하고 희한한 메아리가 울려 퍼지고 특이한 동물과 새가 가득하다.

다음으로 '공포스런 풍경'은 전혀 다른 분위기이다. 무너져 내릴 듯한 바위들과 엄청난 속도의 폭포들을 설치한다. 나무들은 쓰러져 넘어졌거나 산산조각이 되었거나 벼락을 맞아 박살이 났다. 건물들도 있는데 불에 반쯤 탔거나 폐허이다. 그리고 몇 군데 초라한 오두막이 지어져 있다. 마지막으로 '즐거운 풍경'에 접어들면 이전 풍경과의 대비 효과를 만난다. 급작한 전이와 현저한 대립이 형태·색상·음영으로 표현된다. 사람들은 제한된 조망에서 탁트인 시야로, 공포스런 상황에서 즐거운 풍경으로, 어둡고 암울한 색채에서 찬연하게 빛나는 광경으로 갑작스럽게 옮겨진다.

단순하고 기하학적인 정원을 꾸미거나 아니면 루소식의 자연 그대로의 정원만 알았던 영국인들에게 이러한 중국 정원의 모습은 충격이었을 것이다. 하지만 이것은 정원의 문제만은 아니다. 인간의 역사와 문화를 단선적으로 보는 유럽인들의 방식과 순환적이고 복합적으로 보는 극동인들의 관점의 차이이다. 정원은 삶이기 때문이다. 중국과 한국이라는 극동 사람들은 자연을 정복하거나 대상화하려 들지 않았고 하늘과 땅과 인간의 조화를 사랑했다. 그들은 자연이 불규칙하듯 인

식물과 춤추는 인생정원

간의 생 또한 평탄하지 않은 굴곡 투성이라는 것을 잘 알고 있었다.

따라서 정원 또한 자연의 불규칙성을 아름답게 재현하는 것이고, 자연이 자신을 마음껏 펼치도록 그대로 두면서 동시에 인간의 천재성을 그 안에 '슬며시' 감추어두는 예술 중 하

정원이 주는 여러 분위기의 다양한 연결고리 속에서 우리는
마음을 조율해주는 힘을 느끼고 찾을 수 있다.

나였다. 자연이 모나고 변화무쌍하고 예측할 수 없는 것처럼 정원도 그렇게 꾸몄다. 황홀한 풍경에서 무서운 광경으로, 그리고 다시 즐거운 풍경으로 옮아가는 과정은 인간이 삶에서 만나는 모든 것을 말해준다. 그 누구도 평생 즐겁게만 살 수 없고 그렇다고 늘상 공포스럽거나 황홀한 일만 있지는 않다. 극동 사람들은 이것을 알았고 자연의 축소판인 정원에 인생의 의미를 펼쳐 두었다.

정원이 주는 여러 가지 분위기의 다양한 연결고리 속에서 우리는 마음을 조율해주는 힘을 느끼고 찾을 수 있다. 정원의 사계절을 통하여 우리는 인생의 막과 장을 본다. 늘상 정원을 만난다면 더할 나위 없이 좋지만 그럴 수 없다면 대안이 있다. 아파트 베란다의 화분 속에서 사무실 책상 위 작은 식물들을 통해 우리는 정원을 보고 인생을 느낄 수 있다. 그리고 매일매일 마음속에 '나만의 사랑스런 정원'을 가꾸어 간다.

식물과 춤추는 인생정원

불멸에 바치는 찬가

　　얼마 전 혈육과의 영원한 이별이 있었고 더불어 주변 몇
몇 분들의 안타까운 투병이야기가 들려왔다. 나이와 관계없
이 언제까지나 싱싱한 초록으로 곁에 있을 것 같던 분들의
황화(黃化)는 까마득한 우울감이 되어 맴돈다. 그분들의 연두
색 이파리인 손자들은 이 겨울에도 사랑과 관심을 먹으며 쑥
쑥 자라고 있는데 말이다. 우주의 계절이 돌고 있다면 사람
세상 안에도 24절기가 공존한다. 갓 태어날 아기와 죽음을
향한 노인, 마악 떡잎을 올리는 유아와 황화의 채비에 들어
선 중년!

때가 되면 우리는 자신만의 절기에 진입한다. 하지만 생의 사이클이 영원할 거라 착각하며 산다. 순간 나목이 되고 언젠가는 쓰러져 한 생을 마감하는 걸 망각한다. 왜 우리는 삶을 똑바로 보지 못하고 많은 오해를 할까? 그건 아무래도 우리가 늘상 마주하는 식물들 탓일 것이다. 식물들의 무한한 사이클, 그들의 천연덕스런 반복 앞에서 자신을 동일시하게 되니까. 인생의 매순간 우리는 그들과 마주하면서 시작과 끝을 배우고 다시 시작을 알게 된다. 네 개의 계절을 가진 땅에서는 그 현상이 극심하다.

봄부터 가을을 돌아 겨울, 다시 봄을 맞는 식물들 덕분에 우리는 이렇게 생각한다. 이제 곧 겨울이지만 조금만 지나면 새 봄이 시작된다고! 알고 보면 이 생각들은 아주 고대로부터 계속 이어져왔다. 인간은 고대부터 꽃들을 사랑하고 가까이했다. 그리스인들이 그들의 장엄한 신들에게 꽃을 바치고 신전을 꽃으로 장식한 것을 보면 알 수 있다. 그들은 커리플랜트가 마르면 불멸의 꽃꽂이를 만들어 신전을 장식했다. 식물과 꽃이 반복과 재생을 거치며 죽지 않는 존재라는 것을 일찍이 알았던 것 같다. 그래서 불멸의 욕망으로 정원을 가꾸며

꽃을 애지중지했다.

고대 이집트인들의 정원은 수련, 수레국화, 양귀비, 석류나무, 돌무화과나무, 올리브나무, 캐모마일로 가득 찼으며, 중국인들은 정원에 인삼, 동백, 진달래, 뽕나무, 감, 차 등을 심어 즐겼다. 또한 신들의 영험이 식물로부터 비롯됨을 알았고 불멸의 꽃으로 신전을 꾸몄다. 영원한 존재인 신에게 왜 불멸을 헌사했을까? 그들이 숭앙하는 신들조차 알고 보면 불사의 존재가 아니라는 것을 그들은 본능적으로 알았을 것이다. 그 신들이 영존하며 자신들을 거두어 주려면 불멸하는 식물의 도움이 필요하다고 생각한 것이 아닌가?

그런 생각들은 끊임없이 이어져 내려와 지구 도처 종교적 성지나 교회나 사찰이나 수도원이나 성당, 심지어 무속의 신들을 모신 곳에도 꽃들이 무성하다. 망자(亡者)의 무덤에도 꽃들이 그분들을 수호한다. 요즘은 입관할 때도 구석구석 화려한 꽃들로 빼곡하게 채워 가는 이를 배웅한다. 누구도 함께할 수 없는 쓸쓸한 마지막 길의 동반자는 바로 꽃인 셈이다. 꽃이 지닌 생명력을 빌어 망자의 부활을 염원하는 것일까? 사랑을 할 때나 이별할 때나 생일이나 기일이나 꽃은 늘 우리 곁에 있다. 단순히 향기와 미모가 그들에게 많은 역할을 주었을까?

어쩌면 꽃 뒤에 숨어있는 열매와 씨앗의 상징성이 불사(不死)와 불멸(不滅)이란 인류의 영원한 소망과 이어진 것이 아닐까? 피고 지고 또 피고 열매를 맺어 떨구고 다시 열매 맺는 식물의 영속성이 신전에 사원에 무덤에 그들을 불러들인 것이 아닌가? 인간은 동물이면서 식물을 꿈꾼다. 엔간한 지혜를 지닌 사람이라면 동물은 불가능한 식물의 영속성을 알기 때문이다. 어쩌면 불멸을 꿈꾸는 인간의 원초적 갈망을 식물이 일찍이 알아채었나 보다. 한 사람의 인생에서 마디마디를 장식하는 셀 수 없는 꽃과 식물들, 마지막 길에까지 동반의 자격을 획득한 그들! 그들의 자리는 언제나 우리 곁이다.

우리가 그들처럼 살기는 힘들어도 그들을 원하는 우리의 욕망은 불멸이다. 옛 사람들은 불멸의 존재로 하늘을 꼽았다. 하늘은 변함없고 하늘은 여전하다. 지금은 천도교가 된, 한국의 멋진 자생종교 동학의 진리는 '사람이 자연'이고 '사람을 하늘로 섬기라'는 것이다. 까마득한 하늘의 본연과 작용은 '자연'으로 우리 곁에 내려앉았다. 인간은 작은 우주이고 '하늘' 그 자체이다. 그리고 자연을 대표하는 존재는 다름아닌 '식물'이다. 그렇게 하여 하늘과 자연과 식물과 인간은 나란히 동질 선상에 자리하게 되었다. 사람은 사람을, 자연을, 식물을 하늘로 여겨 존중한다.

자연과 식물과 하늘은 쉴 사이 없이 변하는 중이다.
그렇기 때문에 불멸한다.

자연과 식물과 하늘은 쉴 사이 없이 변하는 중이다. 그런데 놀라운 것은 그렇기 때문에 불멸한다. 인간의 욕망인 불멸은 어떻게 달성될 수 있을까? 식물처럼 하늘처럼 유연한 존재가 되면 된다. 도를 닦아 높은 경지에 오른 선인(仙人)들은 그래서 자연 속에 살았다. 도시에 있다고 문명 속에 있다고 안 될 것은 무언가? 내 마음 속에 자연의 자리를 두면 된다. 내가 누군가를 하늘로 대할 때 그는 나에게 불멸의 존재가 된다. 내가 나를 자연으로 누릴 때 나 자신의 욕망은 충족된다.

굳세고 꾸준한 나의 하늘이여

　며칠 전 논산에서 농사하는 지인이 누렇게 물든 논을 찍어 보내주었다. 봄기운이 가물거리던 때 녹고 있는 땅을 보내준 때가 어제 같은데 어느덧 추수할 때가 된 것이다. 모내기 하는 논의 모습과 푸릇하게 자라는 벼의 싱싱함도 기쁨이었다. 도시에 있는 나는 그 분의 땅에서 계절과 생명의 순환을 본다. 얼마 전 충청 지역에 태풍이 쓸고 지나갔을 때 염려하였으나 다행히 그 곳은 무사하다고 전해 주었다.

　지인의 친절로 내게도 그 분의 송글한 땀방울을 보내주

시니 그 땅의 안녕을 기원하는 것은 겸사겸사 당연하다. 그렇다! 이제 우리는 초봄부터 가을까지의 모든 바람과 수고와 인내와 마음졸임의 결실을 본다. 동양에서는 일찍이 세상만사가 세 가지 힘의 합작이라고 보았다. 하늘과 땅과 인간이다. 하늘을 이고 땅을 디디고 가운데 우뚝 선 인간은 하늘을 올려다보고 땅에 뿌리를 두고 가지는 옆으로 뻗는 나무(식물)와 닮았다.

식물이 꾸준히 천천히 제 할 일을 하듯 인간 또한 그렇게 살아간다. 하늘은 어떻고 땅은 또 어떠한가? 성실하기론 하늘을 따라갈 존재가 없다. 하늘의 운행과 하늘의 조화는 땅에 그대로 투영되기 때문이다. 하늘은 부지런히 자기 할 일을 한다. 땅에 사는 인간이 무어라 하늘을 원망하고 욕해도 끄떡하지 않는다. 인간은 가물면 가물다고 비가 오면 질척하다고 더우면 덥다고 추우면 춥다고 불평을 아끼지 않는다. 물론 땅도 하늘에 영향을 준다. 땅이 머금은 기운이 하늘까지 닿는다. 그렇다고 해도 하늘이라는 원인자의 능동적 행위가 우선이고 먼저다.

식물과 춤추는 인생정원

동양의 철학서이자 점서인 《역경》은 바로 이 하늘과 땅과 사람의 이야기를 풀어낸 책이다. 그 첫 번째 괘인 건괘는 하늘의 꾸준함을 선으로 여겨 찬양한다. 그것이 자강불식(自强不息)이다. 스스로 굳건히 하여 힘써 잠시도 쉬지 않는 것이다. 이것이 하늘의 운행이고 자연의 원리이다. 우리는 밤에 잠이 들 때 태양을 찾지 않지만 다음 날 아침에 해가 떠오를 것을 믿는다. 창문을 뚫고 들어오는 햇살이 아침잠을 깨울 것을 안다. 농부는 겨우 내 언 땅이 스르르 녹는 시절을 믿고 기다린다.

하늘이 주는 비가 온화하게 땅을 적셔 작은 벌레들이 꿈틀대는 시절이 온다는 걸 믿는다. 한 낮의 뜨거운 태양이 어느덧 따갑게 변하고 다시 따뜻해지면 겨울잠 동물들이 월동 준비를 한다는 걸 안다. 사철이 있는 지역은 축복받은 곳이다. 양(陽)이 극에 달하면 음(陰)이 비집고 들어오고 음이 극성을 떨면 양이 움트는 자연의 이치가 인간에게 희망과 등불이 되는 지역이다. 변화가 살아감의 원리인 곳이고 그 원리는 변화하지 않음을 가르쳐 주는 곳이다. 그리고 그 모든 시작은 하늘에서 왔다.

하늘의 강건함, 하늘의 꾸준함, 하늘의 성실함, 하늘의 온전함이다. 이 원리를 《역경》에서는 자강불식(自强不息)이라고 했다. 《역경(易經)》〈건괘(乾卦)·상전(象傳)〉에 나오는 말이다. "하늘의 운행이 굳세니, 군자가 이것을 따라서 스스로 힘쓰고 쉬지 않는다." 하늘이 자강불식하니 땅도 따라서 자강불식한

하늘의 운행이 굳세니, 군자가 이것을 따라서
스스로 힘쓰고 쉬지 않는다.

식물과 춤추는 인생정원

다. 하늘과 땅 사이의 식물과 인간도 그렇게 한다. 인간은 처음에는 어찌 살 줄 몰라 어리둥절하였는데 식물들, 나무들을 보면서 살아가는 원리를 깨닫게 되었다. 하늘과 땅 사이에서 인간은 식물을 따라한다.

그렇게 살아가는 인간은 살아 남는다. 자신의 생명과 사명을 완수하고 남들에게 기쁨과 열매를 준다. 《역경》은 어려운 책이 아니다. 식물이 어떻게 살아가는지, 살아 남는지를 기록한 책이다. 인간 중에 성공한 이들의 '식물처럼 살기'를 분석한 책이다. 이제 가을이다. 이 가을에 우리는 식물을 따라 해본다. 꾸준히 묵묵하게!

돌봄과 걱정의 정원

자연에서 태어난 인간은 자연을 그리워하게 마련이다. 이런저런 이유로 자연의 품을 떠나 문명이 만들어 낸 도시와 현대에서 살게 되었지만 부드러운 흙을 지닌 '어머니' 땅과 만물의 맏이인 식물이 기거하는 숲은 언제나 포근한 고향집이다. 자연에서 문명으로 이사한 인간들이 그리움을 달래려고 만든 장소가 바로 정원이다. 정원은 회상과 기억과 연모가 가득한 장소이다.

나무와 꽃과 새와 벌레가 살고 있는 정원은 옛적 에피쿠

로스학파의 만남과 공부의 터전이기도 했다. 그들은 과일과 채소가 심긴 정원인 채원(kitchen garden)에서 바람과 햇빛, 땅과 물의 상호작용과 만물의 성장과 쇠퇴를 익히며 인생도 논했다. 식물들이 어우러진 정원은 자연스런 대화가 샘솟는 곳이었고 땅과 식물을 가꾸는 염려 뿐 아니라 인생의 걱정과 고뇌도 여지없이 나누었다. 정원에는 삶과 죽음이 공존하기 때문이다.

특히, 가을의 정원에는 죽음과 삶이 교차한다. 아름다움은 유한한 삶에서 온다. 죽음의 흔적이 없는 곳에 어찌 아름다움이 있을까? 창세기의 낙원인 에덴은 모든 것이 구비된 곳이었다. 그저 기쁨만이 그저 생명만이 넘치는 곳이었다. 그곳에서 추방된 아담과 이브는 땀을 흘려 땅을 경작해야만 먹고 살 수 있었다. 만약 그들이 계속 낙원에 살았다면 성숙하지 못했으리라. 곡식과 채소를 심어 전전긍긍 애쓰며 기르는 동안 그들은 창조주 신의 마음을 이해하게 되었다.

돌봄과 걱정은 그들을 진정한 신의 자녀로 만들어 놓았다. 그렇게 우리는 생의 조건과 투쟁하며 산다. 가을 날 잘 키워놓은 과수밭에는 열매를 노리는 새들이 방문한다. 벼가 익어가는 논에도 잘 익은 곡식을 먹고픈 새들이 침범한다. 그렇다. 식물이나 동물이나 인간이나 모든 생명은 투쟁하고 산다. 인간의 유한한 생의 아름다움은 그저 돌봄과 염려이다. 숲을 그리워하여 만든 정원은 인간을 길러주는 유모 역할을 톡톡히 한다.

문명의 도시에도 구석구석 정원이 있다. 정원이란 게 생각하기 나름이다. 버젓하게 큼직하게 만들어진 정원이 아니어도 정원은 어디에나 존재한다. 눈을 돌려보면 버스정류장 가로에 심긴 화분의 화사한 꽃들과 작은 가게 모퉁이에 놓인 나지막한 나무도 정원을 이룬다. 시골집 담장 아래 감나무 몇 그루도 정원의 나무이고 아파트 베란다에 옹기종기 앉아 있는 화분의 꽃들, 다육이들, 난초들도 정원을 구성하고 있다.

이 작은 정원들은 '이모'인 셈이다. 우리 인간은 얼마나 숲을 그리워하는가! 어머니의 품인 숲을 아직도 잊지 못하고 있는 것이다. 더 살펴보면 아예 작정하고 숲을 옮겨온 사람들의 작품을 볼 수 있다. 바로 분재이다. 낮고 평평한 화분에서 한국인들이 가장 좋아하는 소나무가 용틀임하고 있다. 나무는 제법 굵은 둥치를 가지고 있고 돌과 이끼가 무성하게 이웃한다. 구불구불한 소나무는 족히 100년은 되어 보인다.

껍질과 굴곡에서 세월의 향기가 배어난다. 푸르른 잎의 기상은 남산의 소나무 못지않다. 작은 화분에 살고 있는 고목

정원은 회상과 기억과 연모가 가득한 장소이다.

의 아름다움! 이것이 숲의 모형이다. 그렇게도 자연을 그리워하는 인간은 결국엔 숲의 한 모퉁이를 삽으로 파 옮긴 듯 분재를 만들어 냈다. 자연과 숲을 향한 인간의 짝사랑과 집착이 만들어낸 또 하나의 문명의 걸작품이다. 분재는 정원의 축소판이고 엄밀하게 말하면 숲의 축경(縮景)이다.

숲의 생명들의 아우성이 들리는 생생한 현장이다. 작은 화분이지만 그 안에 내가 있다. 내가 살아 숨 쉬고 느끼고 뛰논다. 소나무의 굵은 껍질이 지나온 세월을 속삭여주고 휘어진 가지가 내 삶의 굴곡을 위로해 준다. 나무 발치의 파란 이끼는 숲의 비밀을 조곤조곤 일러줄 것만 같다. 마음이 텅 비어 허전할 때, 머리가 엉키어 복잡할 때 그들과 눈을 맞추며 도란도란 이야기 나눈다. 우리는 그렇게 분재를 들여왔다. 분재는 인간의 오랜 '친구'이다.

누가 식물에 대한 우리의 짝사랑과 집착을 막을 수 있을까! 작은 분에 사는 나무에게 쉬임없이 물주고 거름 주고 가지치고 분갈이하는 수고를 탓할 수 있을까! 잠시 눈 돌리기라도 하면 연약해져 병드는 나의 친구, 벌레잡고 약 먹여서 건강을 지켜주어야 하는 존재를 어떻게 저버릴 수 있을까! 애지 중지 건사해야 하는 숲의 한 모퉁이는 문명화된 인간인 나의 모습이기도 하다.

제약과 한계 속에서 처절하게 살아가는 한 인간이 분재 앞에서, 정원 속에서 숲과 자연을 만난다. 프랑스의 계몽철학자 볼테르도 이렇게 말했다. "우리는 우리의 정원을 가꾸어야 한다."

식물과 춤추는 인생정원

인 쇄 2023년 7월 31일
발 행 2023년 8월 7일

지은이 최문형
그 림 윤인호
펴낸이 김재광
펴낸곳 솔과학
등 록 제10-140호 1997년 2월 22일
주 소 서울특별시 마포구 독막로 295번지 302호(염리동 삼부골든타워)
전 화 02-714-8655
팩 스 02-711-4656
E-mail solkwahak@hanmail.net

ISBN 979-11-92404-51-6 (03810)
ⓒ 솔과학, 2023

값 19,500원

이 도서는 한국출판문화산업진흥원의 '2023년 중소출판사 출판콘텐츠 창작 지원 사업'의
일환으로 국민체육진흥기금을 지원받아 제작되었습니다.